KB165124

등나무풍경

6

국립중앙도서관 출판예정도서목록(CIP)

등나무풍경 : 2016년 6집 / 방송대문학회 [편]. -- 서울 : 담장너머, 2016
p. ; cm. — (2016년 방송대문학회 : 제6집)

표제관련정보: 한국방송통신대학교 등단작가 모임
ISBN 978-89-92392-43-3 03810 : ₩10000

한국 현대 문학[韓國現代文學]

810.82-KDC6
895.708-DDC23
CIP2016004696

over a wall
poetry for literary coterie
10

2016년 방송대문학회 제6집

등나무 풍경

2016년 02월 20일 초판 1쇄 인쇄
2016년 02월 27일 초판 1쇄 펴냄

발행인 | 조태식
편집인 | 김봉곤 우재호 장광분 류인분 서영도
제 자 | 민문자
표지그림 | 신영자
발행처 | 방송대문학회
카 페 | http://cafe.daum.net/knou2010

펴낸이 | 송계원
디자인 | 송동현 정선
펴낸곳 | 도서출판 담장너머
등 록 | 2005년 1월 27일 제2-4102
주 소 | 100-272 서울시 중구 필동2가 84-10, 105호
전 화 | 02-2268-7680, 010-8776-7660
이메일 | overawall@hanmail.net
카 페 | cafe.daum.net/overawall

ISBN 89-92392-43-3 03810
값 10,000원

a wall
ry for literary coterie

한국방송통신대학교
등단작가 모임

등나무풍경

2016년 6집

방송대문학회

등나무풍경 제6집 발간에 즈음하여

명예회장 **우재호**

각자의 바쁜 삶의 현장에서 끊임없이 자신의 영혼을 헹구며 가슴으로 담아낸 감동들을 고운 시어들로 모아 방송대문학회의 여섯 번째 동인지 『등나무풍경』으로 발간하게 되어 무척 마음이 기쁘고 뿌듯합니다.

세상의 의사들은 병들고 곪고 썩은 부위들을 예리한 메스로 잘라내고 독한 약을 써서 치료하는 과정에서 건강한 세포까지 병들게 하지만 우리 문인들은 시를 쓰고 낭송하며 또 다른 이의 좋은 작품을 감상하며 느끼는 감동으로 세상의 아프고 슬픈 마음들을 정화하는 험한 세상의 다리가 되고 어두운 밤에 세상을 환히 밝히는 꽃등불 같은 분들이라 생각하며 정말 우리 문학회 한분 한분이 더 없이 귀하고 소중한 분들이라 생각해 봅니다.

설을 지나 봄을 재촉하는 듯 아침부터 봄비가 촉촉이 내리는 아침 한가한 시간을 보내며(채근담 후 집 4장 歲月本長)에 나오는 시 한 편이 생각납니다.

歲月本長 而忙者自促. 세월본장 이망자자촉.
天地本寬 而鄙者自隘. 천지본관 이비자자애.

風花雪月本閒 而勞攘者自冗. 풍화설월본한 이로양자자용.

'세월은 원래 끝없이 길건만 마음 바쁜 사람들이 스스로 짧다 하고 천지는 원래 끝없이 넓건만 비루하고 죄지은 사람들은 숨을 곳이 없다. 봄꽃 여름바람 가을달 겨울눈은 철따라 한가롭게 볼 수 있건만 사람들이 바쁘다 하며 이 아름다운 정취를 마음속에 담아볼 줄 모르누나.'

이렇게 풀어서 읽어보니 정말 뭔가 마음에 와 닿고 생각을 많이 하게 해주는 것 같습니다. 우리가 늘 앞만 보며 마음의 여유 없이 바쁘고 정신없이 살아온 것만 같아 올 한해는 인생을 목적으로서가 아니라 하나의 과정으로써 계속되는 여행으로 생각하고 매일 매일 문학을 통해 인간적으로 즐기며 때론 길가 작은 들꽃 향기를 맡기 위해 기꺼이 시간을 낼 수 있는 여유와 한가로움을 누릴 수 있었으면 좋겠다는 생각을 해봤습니다.

1년 동안 각자의 자리에서 누에고치에서 뽑아낸 고운 명주실처럼 곱고 향기로운 개성들을 모은 작품들을 모아 등나무풍경 6집을 엮으며 함께 어우러져 더욱 깊은 맛이 우러나게 하는 귀한 원고 보내주신 회원님들과 이모저모 문학회의 발전과 초석을 다지기 위해 보이지 않는 곳에서 수고해주신 모든 방송대문학회 회원님들과 함께 『등나무풍경』 6집의 발간을 자축하며 감사를 드립니다.

2016년 2월

명예회장 우 재 호

- 김초롱

- 류인분

- 민문자

- 서영도

- 송동현

- 우재호

- 이동숙

- 이상동

- 이순애

- 이현욱

-임동혁

-장광분

-조태식

-시조-

-신영자

-이건원

—동시—

-우재정

—수필—

-홍윤기

-김도영

-김초롱

-이건원

-이순애

-조태식

편집후기

등나무 풍경 6집

시

강성남 강혜지 김도영
김도희 김봉곤 김초롱
류인분 민문자 서영도
송동현 우재호 이동숙
이상동 이순애 이현욱
임동혁 장광분 조태식

시조

신영자 이건원

동시

우재정

시

강 성 남

·사랑 안에

·눈물

·바다가 그리운 날

·가을의 고백

·차 한 잔 앞에 두고

아호 我談
1957년 전남 완도 출생
1986《남촌문학》등단
한국방송대학교 경영학과 졸
총회신학대학교 졸
총회신학대학원 목회연구원 졸
담임목사(사랑의아둘람교회)
5000명 장애인 밥주기 운동본부 회장
'새롭게하소서' 방송출현
다수교회 설교
일반교회35년목회
현) 장애인교회 목회
시집『동박새 동백꽃 피리불고』

사랑 안에

강 성 남

꽃 안에서 당신이 웃으신다면
나 또한 큰 기쁨이 있을 겁니다.

그 별 안에서 님이 의미를 찾아간다면
나 또한 그 의미 속에서 영롱해 하겠읍니다.

이 바람 앞에서 그대가 흔들린다면
나 또한 이 바람에게 운명을 맡겨 가 보겠습니다.

사랑 안에서 당신이 그 따뜻한 봄날을 살아간다면
나 또한 그 날들을 위해 시되어 살아 가겠습니다.

눈물

그믐달 무늬에서 움트고 피었던
목련꽃이 안갯속에서 나를 버렸다.
바람 몇 점이
하늘을 끌어다가 흔들더니
연지 빛 나누어 주고
눈처럼 너를 뿌리고 서서
한 시점의 심미한 눈물의 지성을
절대 가볍지 않게 날린다.

바다가 그리운 날

겨울이 오기 전까지의 모든 세사를
계절은 겨울 바다에 거친 거품으로 모두 뱉어낸다.
사나웠던 그 날들의
서러움은 바위에 분노로 쳐 낸다.
그래도 그 성이 다 차지 못했나
온통 얼음 바다다.

겨울 그 바다에 노는 물새는
삶에 지친 어느 영혼 혼으로 와서
자기를 채찍질 하나
연신 목을 비틀어대는 그 처연함
파도는 눈길 주지 않고
달린다.

파도가 중얼거리며
키 작은 겨울날 그 바다의 비경을
관조한다.

가을의 고백

그대 내 곁으로 다가와
살포시 입맞춤하니
가을 향기 진하네.

나무마다 가을 외설에
누드로 부끄러워하며
발그레진 모습은
모두의 가슴에
불 질렀네.

누구를 만나서
뭐라고 고백 하나
이 붉게 타오른 가슴을.

미치도록 이쁘게
모양새 내고
태양을 품고
마지막 잎새까지
벗어야 하나.

차 한 잔 앞에 두고

혼자의 시간은
화려한 외출

외설적 여인의 향기에 취해보고
국화꽃 향기에 노래를 한다.

먼 옛날
고향의 언덕에 올라
그 길 걸어보기도 하고
나르는 비행기에서
읽어 간 시 한 마디
떠올리기도 한다

사소하게
오늘 저녁에는 무엇을 먹을까
읊조리기도 하고
그렇게 차 한 잔 마시면
외출도 끝날 것이다.

시

강 혜 지

휘은
한국방송통신대
한국 문인협회
문학광장 문인협회
문학광장 운영진
문학광장 서울 지부장
문학광장 기획위원회 위원
한양 문화예술협회 시화부문 심사위원
한국 시민 문학협회
낙동강 문학협회
황금찬시인 노벨문학상 추대위원
CNC건축디자인 이사
문예나루 상임위원
방송대 문학회 회원
경복방송고 총동문회 25대 회장

빈 가슴이고 싶다

강 혜 지

빈 가슴이고 싶다
바다에 던져진 그물처럼
구멍 숭숭 뚫려있는
빈 가슴이고 싶다

불어오는 바람도
그냥 빠져나 갈 수 있게
흘러가는 물도 그냥 흐를 수 있도록
빈 가슴이고 싶다

슬픔도 그리움도
머무르지 않고
일상처럼 그냥 지나칠 수 있도록
빈 가슴이고 싶다

사는 동안 빈 가슴이 될 수 없다면
가벼이 하늘을 날 수 있는 새처럼
조금만 아주 조금만 채워지는
가슴이고 싶다.

난 외롭지 않다

설레는 봄 햇살 따사로움이
새싹처럼 피어오르는
마음마저 설레게 한다.

초가집 지붕 위에 아지랑이 춤을 추고
반가움 한 아름 안고 날아온
까치 한 쌍 정겨워 보이구나

가을 들녘 황금벌판 고개 숙인 벼
굶주린 배 가득 채워주고
과수원 풍성하게 열린 빨간 사과
갓 시집온 새색시 얼굴

푸르름 걷히고 나뭇잎마저 떨어진
눈 내리는 겨울
뽀드득거리는 소리에 따라오는
발자국마저 친구 되어
난… 외롭지 않다.

새벽을 기다리며

어둠 짓누르는 밤엔
흰 눈도 빛을 잃고
별도 가리워 보이지 않네

문득 들리는 소리
깨어 있어라 깨어 있어라
가슴에 울려와

일어나 가다듬는 언저리
감싸는 어둠에 갈 길이 묻혀
두려움에 끌려가는 길

부딪히고 넘어지며
빛 돋아 오는 곳 찾아
무릎으로 헤매며 가다가

엎드려 드리는 기도 끝에
빛을 주시는 부처님
가는 길에 흰 양탄자 깔아 주시고

삶에서나 꿈에서라도
그 길로만 가라 하시어
새벽을 기다려본다.

회색빛 봄비

짧은 시간
긴 여운
기억을 더듬는다

세상의 수많은 인연 중
서로 교감할 수 있는
쉽지 않은 인연

금방
훼손되어
사라져 버릴지라도

회색빛 봄비
소리 없이 젖어드는
처마 끝에 머리를 감추고

멈추기를 기다려보지만
바라보는 눈빛만
촉촉하게 적시고 있다.

여심

비우게 하소서
내 안의 모든 것들을
비우게 하소서
모두가 타고난 본능이라 할지라도
가슴을 비워 되돌리고
돌아서게 하소서

채워 주소서
밤새 맺힌 이슬 모아
채워 주소서
빈 가슴 철철 넘치도록 채우사
흘러넘치는 강물 되어
사랑을 싣고 가게 하소서

사랑하게 하소서
메마른 땅에 뿌려진
씨앗에도 내리는 단비 되어
꽃 피우게 하소서
그 향기 하늘 채우고
사랑 안은 강, 바다되게 하소서.

시

김 도 영

충남 서천 출생
제23회 직장인여성백일장 충청남도 도청 주최 수상(1992년)
제29회 서울 지역대학 국어국문과 주최 통문 수상(2015년)
제9회 한국방송통신대학 국어국문과 주최 학술지 문연 수상(2015년)
한국방송통신대학교 국어국문학과 재학중
방송대문학회 홍보부장

거위의 꿈

김 도 영

님아! 가슴을 펴라.

장맛비 애인 가슴 뚫었으니
청포도 익어갈 일만 남았다.

밤새 뒤엉켜버린 상념
새벽이슬 풀어헤쳐
너울너울 먹구름
대지를 향해 눈 시린 꽃씨를 뿌린다.

스무날 천신을 연민한
활화산 몸부림치며 끓어오르니
님아! 움켜진 삶을 펴고 묵정밭 고향으로 가자.

너의 이미

사람아!
단절한 꽃이라
함부로 손대지 말라

기다림에 지쳐 허연 속살 드러내어
바람 앞에 쓰려져 울어도 자색 목련 부끄럽지 않으니

사람아!
질펀한 꽃이라
함부로 뽑지 말라

새벽녘
갈 곳 없어 서성이는 죄 많은 봄꽃보다 자유자 아니던가?

사람아!
철없는 소리 함부로 하지 말라
내 마음 눈높이를 맞추면
척박한 산 들녘에 비루한 심장 내어
너그러운 주인공 천장초임을 알리라

* 천장초 :개망초의 다른 말

생명의 터전

갈대밭의 울림은
하늘 위의 서정곡

달빛 드리운 강물
피아니시모 연주를 하고
어둠속 은빛 비늘
찬란히 빛을 더 한다

젖멍울 고통도 잊었을까?
꿈틀거리는 투혼은 전설이 되려 하고

아! 가을 내 음 언덕에 서서
길 잃은 영혼 푯대에게 천리 길 묻고 있다

시

김 도 희

· 절정

· 할미꽃 · 2

· 봄이로다

· 물왕리에서

· 남장사 가는 길 · 1

20015년 9월 김미옥에서 김도희로 개명

2000년도 《한맥문학》 등단

한국문협회원

동작문협회원

방송대문학회 회원

절정

娜瑩 **김도희**

소금강으로
하늘을 풀어내소서
마냥 달려온 생으로
가시처럼 박힌 심성을
고르게 펴내소서

천지가 차가운 소용돌이를
벗고 이 땅을 창조로
채울 때

다시는 요동치 않도록
피터운 신의 창조만
움트게 하소서

사는 날까지
온 가슴으로 느껴온
맑은 영을 꽃피우게 하소서

할미꽃 · 2

닫혀도
문 열어 두리다
가만히 귀를 세우고
서걱이는 억센 바람만
빗장에 걸어가리다

동트는 하늘가에
둥그런 무덤으로
쪽 찐 머리 풀고 내게로 와
꽃이 되어도

만 설움 베옷 입고
청정한 하늘 바다로
실한 배 한 척 띄우고

언제든 돌아와 할미꽃으로
다소곳이 피어있으라고
풋풋한 서리 꽃눈 열고
허리에 대찬 눈물 구름이
떠돌아 드네

봄이로다

물안개 피어오르는
그림자로
밤은 볼을 데우며
질주한다

꽃등에 심지는 타오르는
세포 마디 마다
새순을 트고

온 세상으로
몸살 끼를 채운다
봄은 봄이로다

님의 볼연지 찍고
곤지 찍어 가마로
넘실대는 개울을 건너오고

매서운 서릿발에도
참아내던 길쌈이여
여물은 콩깍지 다닥다닥
물 샘이 찰랑 인다
봄이 온다고 모진 무릎이
저려온다

물왕리에서

냉이나 캐어 갈거나
보리밥 한 쌈 여독을 풀고
달래나 캐다 갈거나
오리 떼 줄지어 노니는데.

라이브 카페에선
농익은 음악 따라
밭이랑을 메고

봉긋한 봄으로 솟아오는
그리움 단단한 흙이
손끝을 부풀게 하는데
컬컬한 말들이 씨앗이 되어
물왕리를 맴돈다

가끔은 와보세 물왕리
저어새 한 마리 날갯죽지에
고여 있던 물기를 털고
실없이 흘겨본다

저도 좋은가보다 다음에
다시 오라고 향긋한 토장 한 그릇
뚝배기를 보글대며
보리밥 한 쌈이 꿀꺽
봄 향을 살랑댄다

남장사 가는 길·1

설익은 감이 주렁주렁
단청을
탐스럽게 매단다

서울살이 힘겨울 때면
꿈 부푼 홍시
곶감을 맛보려 이른
걸음을 재촉하지만

아는 이 없는 머쓱한
길가 오래 묵은 그림자 하나
돌탑이 되어 합장한다

가슴으로만 들뜬 돌계단
홀로 바스락되며
짧게 머무른 인생 이야기
떫은 감 안으로 아리게 남겨두고
버스를 내달려간다

시

김봉곤

· 빈 집
· 친구야 잘 있지
· 터프한 사랑

삶의향기
전북 정읍 출생
한국방송통신대학교 국어국문학과 졸업
월간 《한맥문학》 등단(동시) 2003년
월간 《순수문학》 등단(시) 2004년
한맥문학동인회 회원
한맥문학가협회 회원
국제펜클럽 한국본부 회원
한국문인협회 회원
한국문인협회 정읍지부 내장문학 회원
방송대문학회 고문
010-8909-1555, 011-245-1555

빈 집

김봉곤

엄동설한에도
훈기가 감돌며
당근볼 내미시는 어머님의 마중

종갓집 툇마루에 넘치던 온정
세월에 하나둘 가고
마지막 지키시던 종부마저
병들어 완화병동에 누워있으니

오늘은
푹한 겨울 날씨임에도
발바닥이 시리도록
싸늘하게 느껴지는 고향 집

어머님은 자식들 추울세라
그 작은 체구로 늑골을 태워가며
이 큰집을 데우며 기다렸으리.

친구야 잘 있지

빗소리
주섬주섬 담아
강가로 가네,

토닥토닥
마음 울리는 음파에
친구들 목소리
둥글둥글 그려보네.

터프한 사랑

내가 너를 좋아하게 된 때
언제부터였지
온다 하고도 못 올 때는 약속하기도 했어
내가 하는 일이 하늘을 지붕 삼기에
여름이면 구름만이 간간이 내 심장 덮어 주고
겨울이면 칼바람 막아주는 허기진 빈 가지뿐
강물은 말리는 시누이 눈꼬리 올려세우듯
싸늘한 한기를 더 하게 했지
그때부터 나는 너를 기다리며 애정의 싹을 키워
사랑하기로 했지 고마웠으니까

“사람은 외로울 때 내가 너를 기다리듯
고마움을 주는 그 누군가를 생각하게 되지”

마음은 늘 네 곁을 맴돌면서도 헛돌아
그러다 훌쩍 떠나면 아쉬워하는 눈물을
너의 마음 밭에 흘리며 돌아섰지
비가와도 비에 젖지 않는 내 마음
강화유리 바스러진 찰흙조각들

내 이제부터는 터프한 사랑을 할게-

시

김초롱

- 숙명
- 화산
- 왕따
- 바퀴벌레
- 초

1985년 12월 23일 생
한국방송통신대학교 일본학과 재학중
방송대문학회 회원

숙명

김초롱

목에
가느다란
목줄이 가냘프게 묶여있다
언제 다다를지 모르는
칠흑의 저 검은 문턱

새하얀 털이 눈이 되어 떨어지면
깊은 침묵 속에
검은 그림자가 하늘을 덮는다

아름답고 찬란했던 꽃망울은
차디찬 쇳조각으로 변해간다

머나먼 다리를 건넌 동지여
눈송이를 뿌리지 마오

찰나에
황천에서
만나리

생에 끝자락에서의 눈물은

한이 녹아

폭포수가 되어 온 세상을 적신다

화산

열기가 솟는다
붉은 거품
부글부글

검은 머리카락
삼발 풀어헤치고
하늘로 높이 날아가 버린다

빨간 스프링은 계속
팡팡 타오르며 튀어 오른다

1분 1초의 시간은
약 올리는 손님

손님이 한두 번
수십 번 오가면
두리뭉실 부푼다

원과 한을 담은
검은 자갈을
당차게
토해낸다

빨간 스프링은
뜨거운 분수가 되어
하늘로 치솟는다

왕따

서로 아옹다옹
저마다 손을 잡는다
큰 손
작은 손
둥그런 손
뾰족한 속
외모는 서로 달라도
저마다
아롱다롱 손 맞잡지만
님 없어
홀로 울고 있는 이
눈물이 똑똑
떨어지다

바퀴벌레

한 마리의 바퀴벌레
노오란 넓은 방바닥을
신나게 누빈다

자유롭게
온 방 안을 바람처럼 오간다

덜커덩
환한 빛과 함께
덮인 흰색의 송장

그물이 되어 덮는다
생사의 기로에 서서
생존을 위한 몸부림은
피눈물이 되어온 바닥을 빨갛게 물들었다

피비린내가 온 방을 덮는다
빠지직빠지직
깨져버리는 등판

생존의 추억이 사방에 흩어지다

초

주인님
저를 켜주셔요
그러면 어둠 없는 세상을 만들겠습니다
세상을 밝히는 빛이 되겠습니다

주인님
저를 켜주셔요
그러면 한파 없는 세상을 만들겠습니다
세상을 덮이는 난로가 되겠습니다

주인님
저를 켜주셔요
이 한 몸 녹여
굶주리고 배고픈 이들의
양식이 되겠습니다

주인님
저를 켜주셔요
제가 흘리는 눈물은
희생과 사랑이랍니다
제 몸이 녹아드는 만큼
세상의 수많은 사람들이
행복해할 테니까요

주인님
저를 켜주셔요

시

류 인 분

경북 구미 출생
한국방송통신대학교 국어국문학과 졸업
《한울문학》 시 부문 등단
한울문학언론인문인협회 회원
한울문학예술유권사협회 회원
사단법인 문화예술교류진흥회 회원
방송대문학회 사무국장
공저 『하늘빛 풍경』 『生의 美學과 명시』
『등나무 풍경』 등

어머니의 기도

류인분

선달 그믐날 밤
동백기름 은비녀
손수 길쌈해서 지으신
흰 무명 치마저고리 입으시고
종지에 참기름 실심지 담아 불 켜
삼백 년이 넘었다는 고목 팽나무 아래 놓고
맏아들 어릴 때부터 잘되라고 기도하신 어머니

세월이 흘러
마을도 팽나무도
개발의 이름으로 사라지고

중년부터 성당에 다니셨던 어머니
자녀들 이름과 손자 손녀 이름 외시고는
건강히 잘 살게 해달라고
팽나무 아닌 십자가 앞에서
83세에 돌아가시기 일주일 전까지
하루도 거르지 않고 기도하신 어머니
어머니의 모습을
사진 찍은 듯 닮은 오빠가
내년이면 그 나이가 돼요

어디서든 혼이라도 자식 위해
기도하실 우리 어머니

S병원 다인실

치과 병실 환자는
열나는 환자의 집합소
병실 문을 열면
정면 벽의 TV는
까만색으로 한가하다
보호자도 숨죽이고
앓는 소리 애처롭다.
치과 입원이 생소했던 건
중환자만 입원했기 때문인가 봐
아프지 않아 탈 나서
대학병원급에서만 수술할 수 있다는 말
전신 마취 수술한 딸
열 내려 한숨 놓이니
면목 없는지 돌아누운 등 바라보며
그 지경까지 몰랐다니
원망하고 싶은 마음 참고
두 번 가슴을 친다
퇴원할 환자와 보호자가 틀어 놓은 TV
소리는 없고 화면만 나온다

S병원 다인실
커튼으로 이뤄진 5개 방의 집합소 뒤로하며
그런 의술이 없었다면
생각만 해도 아찔하다

초록 거울·2

모낸 후 물 맑아진 논 속엔
구름도 나무도 그려져 있고
참새 떼도 날아다녀요
하루가 다르게 자라는 모
산 그림자 파랗게 물들이고
백로 한 쌍 성큼성큼 먹이를 찾는
농부의 땀과 꿈을 담은 논은
초록 거울이야
소리도 품은 그곳엔
야생의 야릇한 소리와
밤이면 개구리 소리
쉼 없이 들려오고
가만히 귀 기울이면
고향의 소리
아련하게 와 닿네

봄꿈

어려운 생활이 닥치고
마음에 상처받아 아팠을 때도
들풀 되어 견뎠고
꿈을 잃지 않았는데
복사꽃이 태양을 담아 열매 맺는 때
정지된 일의 시작 때문인가
하고 싶은 일의 갈망 탓인가
내 마음 산그늘 물이끼처럼 젖게 만드는
안갯속의 그대는
정녕 봄의 꿈입니까?

겨울밤·2

싸늘한 겨울밤 한밤중
밤하늘을 바라보는 것은
고향에서 보던 수많은 별과 은하수
긴 꼬리를 남기며 오가던 별똥별
가족과 이웃 마을과 사람들
들과 강 고향에서의
나이테처럼 쌓인 가슴의 추억이
겨울밤의 온 하늘에 펼쳐져 있기 때문이다
별을 보는 이들과 별이 된 이웃
모두 모두 안녕하시기를 바라며

시

민 문 자

- 구마루 무지개 낭송회
- 통일 그날이 오면
- 독신주의
- 겨울꽃
- 청어

소정(小晶)
《한국수필》 수필(2003), 《서울문학》 詩(2004) 등단
한국문인협회 낭송문화진흥위원
한국현대시인협회 홍보위원
우리시회 이사, 한국수필작가회 회원
한국낭송문예협회 고문
한국방송통신대학교 국어국문학과 졸업
방송대문학회 고문
시사랑 노래사랑 부회장, 실버넷뉴스 기자(문화예술관장 역임)
스피치와 시낭송 강사(문학의 집 · 구로)
부부시집 『반려자』, 『꽃바람』 수필집 『인생의 등불』
전자 칼럼집 『인생에 리허설은 없다』
서재 : 민문자.시인.com
이메일 : mjmin7@naver.com
카페 : 구마루 무지개 : http://cafe.daum.net/goomaroorainbow

구마루 무지개 낭송회

민 문 자

구로의 산마루에
아름다운 무지개 떴네
고운 빛깔 빨주노초파남보

구마루 무지개
싱그러움 영원히 간직하고파
모여든 색깔 보남파초노주빨

하얀빛과 검은빛도 모여라
곱게 살랑살랑 방긋방긋
소리 높여 훨훨 활활

하늘 높이 걸린 무지개
내 품에 안기네
구마루 무지개 낭송회

통일 그날이 오면

통일이 다가옵니다
북쪽 사람 남쪽 사람의 마음에 변화가 일고 있습니다
좋은 조짐이 여기저기서 보입니다

통일 그날이 오면
맨발로 뛰어나가 양손에 태극기 높이 들고
통일 만세 부르며 덩실덩실 춤추겠습니다

통일 그날이 오면
남의 땅으로 돌아가 오르던 백두산
어깨 쫙 펴고 우리 땅을 밟고 오르겠습니다

통일 그날이 오면
제일 먼저 경의선을 타고 백두산 마루에 올라
졸시 '백두산 천지 아리랑' 을 크게 외쳐보겠습니다

통일 그날이 저만치서 천천히 다가오고 있습니다
어서 오라고 어서 힘내 뛰어오라고
붉은 카펫을 펼치고 있습니다

독신주의

독신주의를 고집하는 젊은이가 늘어나고 있다
인간은 조물주의 섭리에 따라
성년이 되면 결혼을 해야만 한다
'짚신도 짝이 있다' 라는 말이 있지 않은가
그런데 신세대의 인생관이 변하고 있다

혼자 편히 살겠다고 한다
이는 신의 섭리를 거역하고
신성한 자손 번식 의무를 포기하는 것이 아닌가
개인의 행복도 가정에서 비롯하는데
결혼하지 않겠다는 노총각 노처녀를 보면
안타깝기 그지없다

노총각 아들의 눈치를 보며 살그머니
결혼 이야기를 꺼낼 양이면
무응답
소통이 안 된다
아! 이런 절벽이 있단 말인가
그래도 어미는 이제나저제나
그 마음이 변하기를 기다린다

겨울꽃

밤새 눈 내린 오솔길 호젓이 오르는데
하얀 눈송이 하늘하늘 날리네
겨울 향기 가득 싣고 온 눈꽃손님
반갑다고 그리웠다고 얼굴에 뽀뽀하네

찬바람에 나풀나풀 춤추는 겨울꽃
반갑고 좋아서 두 손 벌려 환영했네
보고 싶었다고 안겨드는 눈꽃 송이
아! 품에 들자 홀연히 사라진 겨울 눈꽃

청어

어둑해진 다음 귀가하고 보니
아파트 경비실에 웬 택배가 왔나?
네모진 상자가 꽤 묵직도 하구나
청어 / 20
청어(靑魚) 스무 마리?
검푸르고 은빛 나는 물고기가 머릿속에 그려진다
생선 맛은 청어가 제일 좋다고 하셨던
어머니 말씀이 퍼뜩 떠오른다
"일제강점기에 그 맛있는 청어는 일본인이 다 가져가서
우리는 그 청어를 먹을 수가 없었단다"
어머니께 열 마리는 가져다 드려야지
백수는 하셔야 할 텐데……

그런데 누가 이 생선을 보냈을까?
얼마 전 딸년에게 카톡을 보낸 생각이 난다
우리 딸 참 효녀야!
부끄러운지 역설법 쓰지 말라고 하더니
최고급 한우와 부산어묵, 반시(盤柹)를 보내왔었지
아마도 또 어미 생각을 한게지
확대경을 들이대며 보낸 사람을 찾았다

어!
보낸 사람은 없고 파주 한국출판물류단이라니
머릿속을 쥐가 나도록 굴려보아도
그쪽에서 생선 선물을 보낼만한 사람이
떠오르지 않는다

분명히 우리 집 주소와 내 이름이 적혀 있으니
잘못 배달된 것은 아니렷다?
금방 인쇄소에서 나온 듯 잉크도 마르지 않은 것 같은
한국시인 출세작 창간호 스무 권이 얌전히 인사한다
표제 사진이 넓은 바다에서 공중제비하는 청어(靑魚)다
'한국문인협회 · 청어'
한국문협 시분과에서 발행한 사화집이군!
청어는 '푸를 靑, 말씀 語' 젊음의 말씀이란
뜻을 지닌 출판사 이름 청어(靑語)
고소를 금치 못하며 한 권을 꺼내 펴보니
내 졸시를 포함해서 214명의 시가
검푸른 은빛으로 청어(靑魚)처럼 퍼덕이고 있다

시

서영도

경기도 남양주 출생
한국방송통신대학교 국어국문학과 재학중
방송대문학회 사무차장
010-5357-1256

1월의 어떤 풍경화

서영도

1월의 막바지
시샘 많은 찬바람
무릎 끝으로 죽지 끝으로
예리한 칼끝을 들이대는
늦어 버린 저녁

홀로 뚜벅뚜벅
찾아드는
내 작은 달팽이 둥지 속엔
헌 신발이며 헌 옷가지
가지런히 정렬 한
찌그러진 그릇 가재들
눈이 빠지도록 날 기다리고 있다

현관문을 삐거덕 연 순간
달팽이 관속에 정든 가재들
일제히 꼬리
하늘로 치켜들고 달려 나와
달그락 달그락 환호성이 크다

찬바람 시린 오늘
달팽이 관 속에 저들과
느지막한 저녁 만찬으로
찝찔하게 식은 국물과
밥이나 한술 말아야겠다

백두의 꿈·2
–북파 장백을 올라 천지 곁에 서다

높고 넓은 천지의 자긍심
아름으로 보듬고
장백폭포 장엄한 물줄기에 민족혼을 달구네

억년의 용트림 온몸으로 운기 받아
속세의 찌든 탐욕 모두 놓아 버리라

쇠심줄처럼 질기고 끈끈한 민족이
천지 아래 한 덩이 어우러진 칡넝쿨

인고의 잔인한 세월 억새처럼 강하게
비바람에 꺼져가던 겨레의 불씨를 살아
마침내 찬연한 성화(聖火)
한라에서 백두까지 당당히 댕기리라

겨레여 민족이여
찌질한 파벌의 굴레 검불처럼 벗어 던지라
대(大) 한민족을 일으켜 세운
백두의 천지신명 굽어 살피사
세계 으뜸으로 일어설 대한민국 위하여

장바닥

– 새벽 가락시장 바닥을 경험하다

하느님 늦잠 깨시어
꾸무럭꾸무럭
요강단지 찾으시고

새벽길 어여 떠나자는
나의 적토마는
앞발을 뒤채며
아웅 아웅
어린아이처럼 칭얼댄다

생존경쟁에 길들여진
장바닥의
백마 흑마 노새 청 노루
도야지 토깽이들이

하느님 요강단지 찾아 쉬하기 전
길 떠나야 된다며
허둥허둥 대는 가락시장 바닥
새벽 다섯 시

예봉산

– 예식장에서 예봉산 밑 봉안 분들께 드리는 시

오십여 년 떠돌다
고향산천 돌아드니
하늘도 변함없고 산봉우리 그대로다
예봉산 삼봉과 뾰족 바위 막작골
지명마다 걸 처 있는 가지가지 추억들
지금은 어데로 스미어 자국조차 없는가?
정든 바람 정든 사람 정들었던 초목들은
어제의 바람도 어제의 인적도 어제의 초목도 아니로세

거나한 탁 배기로 동네를 달뜨게 하던 앞집 아버지
담장 잘 쌓기로 온 동네 불려 다니던 끝집 아버지
타작기계 돌리기 따를 자 없던 농사귀신 아버지
소리하면 동네마다 불려 다니던 소리꾼 아버지
장사 치르는 상여 앞엔 언제나 선소리
뎅그렁 뎅그렁
이제 가면 언제 오나 원통해서 못 가겠네

전설의 소리꾼에 구성지던 그 목소리
아직도 귓전을 쟁쟁 울리건만
삼백육십 일 언제나 시끌벅적 동네이건만
시방은 모두들 무얼 하고 계시기에
사시사방 쥐 죽은 듯 이리도 조용할까

나무 한 짐 한다고 산봉우리 올라가서
한 짐 지고 비틀비틀
요리 돌고 저리 돌며
넘어질 듯 쓰러질 듯
간신간신 내려오던
예봉산의 하루는
한숨과 눈물로 엮는
소설 같은 한 대목

이제는 예봉산 흙이 되신 아버지들
남은 것은 단지
구전되는 기억 뿐
예봉산 오를 때
숨차게 부르던 노래
아리 랑 아리 랑 아~~라~~리~~오~~~~~!
아리랑 고개로 나를 넘겨 주~~우~~~소~~~!

정동진

밤 기차는 시간을 좇아 떠나 보내고
백사장에 던져진 넌
거부할 수 없는 공간 속
기다림의 망부석이 된다

어제도 오늘도 내일도
똑같은 해이건만
무엇을 얻고자 하여
머나먼 길 찬 이슬 속에서
이리도 애를 태우나

별이나 헤자
외로운 벽돌 쌓듯
별 하나 별 둘 쌓다 보면
공허한 가슴 빈터에
붉은 해가 떠 오리니
허전함의 조각들 파도 속에 던지고
나불대는 불나비는
꺼져가는 가로등 몫으로 두자

텅 빈 철길조차 길을 따라 떠나고
정동진의 새벽 바다가
거세게 몸부림친다
붉은 여의주를 토하기 위해
용트림을 튼다

시

송동현

·소리가 떨어진다

·눈길

·노란 토끼 잔혹사

·한 잎 한 잎

·참

雪岩
본명 송계원
1975년 경기도 포천 출생
관동대학교 행정학과 & 교육학 졸업
방송통신대학교 국어국문학과 졸업
2001년 시집 『꿈을 펼쳐』로 문단활동 시작
월간 《스토리문학》 시 등단
맥놀이창작동인 부회장
사랑방시낭송회 회원
방송대문학회 회원
도서출판 담장너머 대표, 시창작 강사
시집 『꿈을 펼쳐』, 『사랑 水』
010-8776-7660
najinu@empal.com

소리가 떨어진다

송동현

소리가 뚝뚝 떨어진다

꽃잎은 따지 말라
하늘을 향해 맘껏 뽐내고
파란 생 일구게
나비의 노란 날갯짓 모여
세상을 다시 그린다

바람이 슬며시 바다로 숨는다
파도 등 뒤에서 빼꼼
고개를 내민다
하얀 물거품이 노란 몸짓에
방울방울 터진다

소리가 뚝뚝 떨어진다

눈길

시간이 스며든 눈길
하얗게 남아 기다리길 바라는 마음
벌써 욕망이 부스러지니
사랑한다 말 한 마디 못 해주고
잊어야 하는 사람 간다고 탓도 못하지
아니, 보내놓고 가지 말라 하지
이러면 안 되는데
안되지, 스치는 눈길 외면하려
바쁜 척 멍하니 휴대폰에 끄적이지
꽃의 기지개를 닮은 시간에게
미안해 눈 길, 하얗게 잊어가네

노란 토끼 잔혹사

집에 큰 전화기가 내일을 약속하던 날
커피 맛을 모르던 그때가 그립네요
하얀 토끼가 배를 가르며 동전을 토하면
빨간색 빈 의자에 그녀의 얼굴이 그려지고
연락할 방법 없이 마냥 그냥 그대로
웃음이 노란 시간이었지요
나뭇잎 하나 어깨에 올리고
휘리리 휘리리 손짓하는 대로 차들을 보내고
하얀 장갑을 빼며 가라 그래 잘 가라

삐삐거리며 8282 3535 숫자가
사진 속에서 먼지를 뒤집어쓸 때
그녀가 있지는 않았지요
또 다른 삐삐새가 이 시간은 영원할 거라
속삭이며 삐삐삐 삐삐 울어댔지요
더는 하얀 토끼가 필요 없던 때였지요
작은 창살로 들어오는 햇볕도
세상 냄새를 전하지 못하는 1.04평
108배를 해도 남는 것은 없었지요

그래도 기도가 하늘에 닿았는지
바닷냄새 전해주는 손안의 전화기에
밥 잘 먹었는지 잠 잘 자는지
오늘은 무얼 했는지 물어보고는
재잘재잘 하루를 얘기해주는 사람
사랑이라는 한 가지가 아니고
또 다른 가지에 파도 빛 꽃도 핀다고
넓은 바다로 나가 보라고
그러나 더 넓은 바다를 사랑한 파란 그녀

더는 사랑의 가지가 없는 줄 알았지요
아니 더는 없었어요 하지만 폴더
그냥 나무 냄새가 좋았지요 무늬도
포근함 따듯함이 좋았어요 솜사탕보다도
가슴이 아닌 심장이 뛰는 세 번째 가지가
파르르르 떨리며 세상이 터지는 공부
슬라이딩 숫자를 누르며 공부를
배움에는 끝이 없다더니 머리 가슴이 아닌
몸에 배는 사랑도 있었습니다

많은 가지 너무 많은 꽃이 펴
하나둘 떨어져 날릴 때 원망하기보다
바람을 사랑하기로 했습니다
작은 그들을 남겨줘서 고맙습니다
날리는 꽃잎들을 아쉬워할 수 없기에
툭 툭툭 털고 단 한 송이만 피우기로
하늘에 떠오르는 태양을 보며 약속했지요
더는 토끼를 생각도 안 했지요
있는 줄도 몰랐지요 혼자가 되기 전에는

태풍이 불었지요 단 하루
사납게 아주 사납게 가슴 위에서
심장이 멈췄지요 다시 뛰어라 뛰어
결국 설날 눈이 왔어요 올해는 하얗게
봄이 지나 여름이 와도 녹지 않는
눈이 왔어요 노란 토끼를 물고 뜯고 흔들며
사랑한다 사랑해 으르렁거리며
꼬리를 흔들며 눈을 빼고 코를 뜯고
귀를 잘라내도 사랑이지요 꼬리 흔드니

한 잎 한 잎

한 장 두 장
세다가 지쳐도 좋은 게 있지
먹지도 못할 가치를 매겨놓고
죽자사자 매달리지
반짝이는 금이었을 때는
예쁘기라도 했지
먹지도 못하는 값에
의미를 시간과 바꾸지
모든 노력을 쏟으며

한 잎 두 잎
세다가 지쳐도 더 좋은 게 있지
먹지는 않더라도 만지지 않아도
사랑 한 잎 얹어놓고
떨어지는 날을 아쉬워하지
빨개도 좋고 노래도 좋아
하얀 잎은 하야니 좋고
의미를 바꾼다 시간과 생의
작은 틈에서

참

길다 참
길다고 좋은 것도 아닌데
끊을 수 없어 더
길다

시다 참
시다고 좋은 것도 아닌데
지울 수 없어 더
시다

시

우 재 호

· 문경새재

· 어름사니

· 을왕리 바다

· 천마산에서

· 도마

南村
경북 문경 출생
서울과학기술대학교 산업대학원 건축공학과 졸업
한국방송통신대학교 국문학과 졸업
한국문인협회 회원
국제펜클럽 한국본부 회원
한국현대시인협회 회원
방송대문학회 명예회장
archpe@hanmail.net

문경새재

우 재 호

가을걷이 끝난 초겨울 빈 들판엔
남겨진 짚단들만 옹기종기 모여
오후의 햇볕을 쬐고 있다

주흘산의 단풍은 마을까지 내려와
감나무 끝 남겨둔 까치밥 몇 개까지
빨갛게 물들이고 있다

세월을 거슬러 오르는 사극 배우들
드라마 촬영을 하고 있는 관문을 지나
문경새재를 오른다

갑자기 뒤에서 들려오는 왁자지껄한
중년 부인네들의 투박한 경상도 사투리는
한바탕 웃음꽃을 쏟아지게 한다

학교 다닐 때 문경새재에 하이킹을 왔었다
놀러 온 여고생 꼬드겨 자전거 뒤에 태워 내리막을
달리다 계곡에 처박혀 몇 달 깁스를 했었다

졸업 후 다시는 그녀는 만날 수 없었지만
슬쩍 뒤를 훔쳐본다

길가에 낙엽들은 지나는 길손들이 남긴 추억
겹겹이 쌓아놓고 다시 오라 손짓하는데
갈길 바쁜 객들은 석양에 그림자 하나씩 끌고
무심히 오던 길로 돌아가고 있다

어름사니

안성장터 마당 가운데 외줄 한 가닥
팽팽히 당겨진 줄 위에 고추잠자리
한 마리 머무르다 떠나고 있다
둥그렇게 모여 서서 줄타기 기다리는 구경꾼들
악사들 풍악 소리에 10대 후반 처녀 어름사니
배시시 웃음 짓는 하얀 얼굴이 창백하다
외줄 위에 하얀 버선발 한 줄기 햇살에 눈부시다
지나던 시간도 바람도 잠시 가든 길 멈추고
모두 그녀를 바라보고 있다
시위 떠난 그녀의 몸 하늘로 솟구치고
출렁이는 외줄 위 그녀의 몸 사뿐히 내려앉자
성난 외줄은 어느덧 순한 양이 된다
파란 하늘 위에 일렁이는 파문
점점이 물결 되어 여울져오고
부채 한번 출렁이면 바람 한 점 일어나고
바람 한 점 일어나면 구름도 일렁인다
튕겨 나간 그녀의 몸짓 한 자락에
허공도 갈라졌다가 뭉치고
하늘도 쪼개지고 시간도 갈라진다

재주 한번 보인 어름사니
가쁜 숨 몰아쉬며 메호씨 한번 불러 보곤
구경꾼 한번 둘러본다
사람들은 인생을 외줄 타기라 한다면서요
어린 어름사니 한 자락 툭 던져놓곤
먼데 산을 바라본다

을왕리 바다

어둠으로 갈라진 세상의 틈을 헤집고
물속에 모습을 감췄던 바위들
젖은 몸을 창백한 달빛 아래 말리고 있다

어둠과 함께 어디선가 나타난 남자와 무녀
선녀 바위 아래 자리를 잡았다
희미한 촛불이 밤바람에 가물거리고 있다

자정이 되자 무녀의 요란한 북소리
잠든 밤바다를 사정없이 깨운다
부채는 연신 사방을 향하고
나직한 기도는 끝없이 이어질 것 같다

곁에 서 있던 남자 연신 피워대는 담배 불꽃
밤바다를 순간 사르고 있다

덩실덩실 춤을 추는 무녀의
몸에 신장이 들어온다
몸주가 공수를 주며 실리자
무녀는 금방 낯선 사람이 된다
목이 쉰 할아버지
주눅 든 남자를 마냥 다그치고 있다
달빛 속의 남자 얼굴이 창백하다

신이 떠난 밤바다가 다시 출렁인다
지푸라기 하나씩 가슴에 안고
다시 세상으로 돌아가는 인간을
선녀바위 젖은 눈망울이 배웅하고 있다

천마산에서

숲에서 길을 물었다

샘가에 노루귀가 낙엽 사이로
살며시 고개를 내밀고 있다

산수유 꽃이 무리져 피어있는 곳을 지나
숨을 헐떡이며 철쭉나무 길을 오른다

산꼭대기 언덕 아래
수줍은 얼레지가 고개 숙이고 반긴다

더 이상 오를 수 없는 끝에서만
제 마음을 열어 보여주는 숲
나는 어느새 산의 마음이 된다

산이 마음이 되어
골짜기를 만들고
물줄기로 흐르고
바다로 하늘로 흐르고 있다

쉬이 크고 싶은 내 마음의 뜨락에
우후죽순처럼 자라는 나무들이
흠뻑 젖고 있다

도마

칼자루를 쥔 손 앞에 놓인 생명
도마 위에 올려놓는다

생선의 몸에 칼이 닿자
부르르 떨며 운다

칼이 생선 몸뚱이 내부를 가르고
살과 내장이 발리자
도마 위에 피를 토해 놓는다

파와 양파를 자르고
마늘을 으깨고 다진다
그것들은 제 안의 완강한 핵심
냄새를 통해 도마 위로 내어놓는다

나무 도마에는
냄새의 형태로
칼집의 흔적으로
그 위에 올라왔던 것들의 냄새가 스며든다
다른 것들을 자르기 전까지
냄새는 지워지지 않는다

양식으로 삼기 위해
다양한 몸을 가르고 들어간 칼집의 흔적
도마의 몸에 새겨져 기억된다

사라진 것들은 존재다

산 것들은 인간의 양식이 되기 위해
태어난 것은 아니다

도마에 밴 냄새와 칼집의 흔적은
인간의 일용할 양식이
한 존재의 죽음을 통해
다른 존재를 살리는 희생제의다

모든 희생은 거룩하다

시

이동숙

- 꿈이
- 엄마 마음
- 딸
- 임시버스정류장
- 목화솜 이불

제5회 수용문학 수필상(2013)
제53회 인터넷 문학상(2014)
시집 『말이 고픈 날』
한국방송대학교 국어국문학과 수용미학연구회 회원
방송대문학회 회원

꿈이

이동숙

둘째 손녀
초음파 사진을 메일로 보내왔다
태명이 꿈이란다
눈을 꼬옥 감고
두 손을 모은 채로
꿈이가 꿈을
꾼다
1.8kg이란다
꿈이 작은 궁에서 자라고 있다
이토록 가슴 벅찬 일이
또 있을까
꿈
꿈이란다

엄마 마음

통화 괜찮니
밥은 먹었고
복숭아 알레르기는 다 나았니
그래
네가 좋으면 난 다 좋아
어 그래 들어가라

딸

작은 그리움 조각 하나가 딸려 나와
이름을 딸이라 했다지
자꾸만
마음이 바깥쪽으로 기운다
나보다 먼저 아프고
나보다 먼저 그리워하고
나보다 먼저 나를 찾아온다
나 닮은 조각 이름
딸

임시버스정류장

오른쪽으로 굽어
발랑리로 들어가는 농로 건너편 언덕
임시버스 정류장
언젠가부터 낡은 자전거 한 대
서 있었다네
산모퉁이 집 외아들이
비 오던 날 밤에 두고 길 떠났다네
한동안 바람에 실려 소문만이 흔들리다
녹슬고 허물어져 갔다네
어떤 여름날
고물상 트럭에 실려서 사라졌다네
임시버스정류장도 없어지고
그 자리엔
자동차용품을 파는 봉고차 한 대가 자리를 잡고
목발을 짚는 남정네가
먼지 날리는 의자에서 라디오를 듣고 있다네

목화솜 이불

친정엄마가 시집올 때
직접 놓아준
목화 솜이불을 틀었다네
두껍고 무겁던 한 채의 이불이
말끔하게 단장하고 세 채가 되었다네
분홍 홑이불을 씌워서
그 옛날
내 어머니가 내게 주었듯이
시집가는 딸에게 주었다네

시

이상동

경북 울진군 출생
한국 방송통신대학교 국어국문학과 졸업
서울 사회복지 대학원 대학교 사회복지학과 재학
한반도 통일 지도자 총연합 조직 위원장
주식회사 웅진 대표이사(사업)
(사)숲힐링 문화협회 평생교육원장
(사)국민안전운동본부 중앙회 부총재
새계녹색기후기구 의장
한국방송통신대학교 전국 총동문회 부회장
한국방송통신대학교 등단작가 문학회 부회장
010-7379-0235
lsd7125@hanmail.net

일심

백봉 이상동

흩날리는 꽃잎처럼
향기로운 그대

감미롭고 꿈결 같은
목소리에 영혼을 빼앗기고

무엇을 갈망하는가
아침이슬처럼 영롱한 그대 눈망울

사슴의 부드러운
살결같은 당신의 마음

온몸에 감도는
붉은 외로움

눈물이 이슬 되어
보석처럼 영롱하고

당신과 함께
영원히 초생달 애틋한 마음으로
허공에 갈망하는 달빛 소나타

애정

누군가 이사하고
놓고간 화분

그래도 순수한 사랑을 가진
사람의 눈에는 마음속 갈망

기나긴 사랑에
사무친 정성

그러나 사랑은
모순된 현실 속에서

모든 애정을 쏟아 부어
애지중지 꽃피우리.

분신

하마터면 꺼질세라
호 호 불면서

애지중지 길러서
무슨 부귀영화 바랄까 마는

정성을 다해
부모의 손길로 자란 자식

수많은
눈물방울

그래도
그래도

무지갯빛 희망
가슴 가득 채우는 부모의 사랑

꽃이요
결실인 것을 항상 외롭던 아버지의 눈가엔
달빛이 가득하네

진심

두 눈에 흐르는
아픈 마음

세월은 무정하게
모른 척 저 강물과 함께 흘러가고

저 수많은 밤들은
붉게 물들어 반짝이는 별 헤고

고뇌하지 말아요
뜨거운 가슴속 당신을 품어

꿈속 같은 사랑
맞잡은 당신과 나의 에메랄드 온기

허공에 맴도는
청산의 그리움을 가득 싣고

당신과 함께
벗이 되어 맑은 영혼으로 유리 바다에
바람과 함께 하리라

야망

한번 왔다가
가는 인생

무엇에
아등바등 하는가

크게 한번 숨을 쉬고
용기를 가지고 꿈을 꿔 보자

한세상 인생살이
망망대해 파도

일장의 물거품 같은 것
부질없는 허장성세 노력하며

진인사대천명
수신제가 치국평천하해보세나

시

이 순 애

· 가을 산에 기대어

· 늦은 오후 문득

· 노을빛

충남 논산 출생
한국방송통신대학교 국어국문학과 졸업
한국방송통신대학교 문화교양학과 졸업
독서 지도사
《문파문학》 시 수필부문 신인상 등단
한국문인협회 회원
문파문학회 운영이사
시계문학회 회장역임
방송대문학회 부회장(현)
공저 『바람이 창을 두드릴 때』
『문파문학 대표 시선 집』
『등나무 풍경』 외 다수
slove668@hanmail.net

가을 산에 기대어

이 순 애

친구야
산 그림자 흔들리는
가을 산을 바라보느냐
우리의 가슴처럼
불붙어 타오르던 저 산봉우리
폭포수 되어 튀어 오르는
눈물이 다독였지

하늘 푸른 계절
가을이란다

고운 햇살 하루가 지나고
노을이 단풍처럼 붉게 타는데
푸서리 한 귀퉁이에 서서
움푹 패인 골짜기 속
숨은 눈을 뜨고라도
가을 산을 바라보자

* 푸서리 : 덩거칠게 잡풀이 무성한 땅.

늦은 오후 문득

캔버스의 하얀 종이 위
회색을 덧칠하던 철새였다
두더지를 쫓아 허우적대다
날개 사위어 가고
실핏줄 뒤틀려
함께 땅속으로 숨고 싶을 때
해 기울어 늦은 오후
부축해야 일어나던 그림자 위로
일찍 나온 별이 머리 위를 맴돈다
문득
별처럼
어두운 밤하늘의 연인이 되자고
노래하는 종달새처럼
하늘을 품자고

노을빛

마지막
열정
숨넘어가는
하소연

그리움의
눈빛
사랑
이라고

시

이현욱

한국방송통신대학교 국어국문과 졸업
한국 문인 협회 회원
현대 시인협회 회원
강남 문인협회 회원
서울 문학 사무국장
방송대문학회 회원

수준을 높이는 넥타이

이 현 욱

유리 벽 속에 유영하는 물고기처럼

아름다운 무늬의
조합으로 이루어진
그 매듭 속에
잠시
자유로운 영혼을 가두고

자존심의 척도로
잘 정돈된
힘찬 깃발이 되어
셔츠의 각을 바로 잡는다

옷

황진이 비단결 옷자락은
선비님의 아련한 눈빛을 흔들고

지구촌 어떤 사람들은
나뭇잎 한 장 옷으로
숲 속 바람을
잠재우기도 하는데

나의 외출 길을 흔드는
넉넉한 살들
곱게 치장을 해주는
날개옷을 두고
감히
배 가림의 미학이라
말할 수 있으려나

거울 앞에 서서

나뭇잎 혈관처럼 슬며시
주름이 번져 가는 사람이여
당신은 누구신가요

호수처럼 맑은 눈동자에
안개빛 혼탁을 드리우고
서서히 기울어진
초승달 눈매를 가진 사람
참말로
당신은 누구신지요

활활 타오른 장작개비 위에 남겨진
희뿌연 재처럼
총총 흰머리를 달아 붙이고
속도 붙은 청춘 열차에
간신히 떠밀려가는 사람
도대체
당신은 누구시더란 말입니까

겨울의 길목에서

겨울바람은
초록 나무의 심장을
무디게 하더니
화려한 단풍나무 날개옷을
마구마구 흔들고 있다

가을이
어스름 달을 바라보며
설움을 안은 채
저만치 맨발로 떠나고 있다

수족관 속 전어 입장에서 보면

차가운 유리 벽 넘어
먼바다에
고향 집이 보인다
안개 품은 조약돌에
내 그리운 이
얼굴이 걸려있다
어스름 달밤
검은 밤바다에 펼쳐 보이던
멋진 비늘 군무
화려한 은빛축제
그 머릿속 영상으로
난 지금
그렇게 많이 슬프지는 않다

시

임동혁

1956년 생
방송대 국어국문학과 졸업
방송대 문화교양학과 졸업
월간 《한맥문학》 등단
방송대 문학회 회원
양주시 거주

그곳에서

임동혁

서해바다 바라보는 황금산자락
잘린 해안가에 절경이 있다
주상절리 네모난 돌조각들이
세월의 풍상에 흘러 떨어져
파도의 쓰다듬에 앙탈 부리며 버티다가
포말의 부드러움에 못 이기는 척
꿈쩍꿈쩍 들썩이다 이내 뒤집히며 구른다

날카롭게 모난 각을 지키지 못하고
조약돌이 되었다
쉼 없이 흘러가는 시간의 장난인가
당연한 우주의 물리력 때문인가

타인의 마음을 찌르는 내 마음의 못난 각은
무엇으로 연마하여 조약돌이 되어질까

사랑의 비

나를 소중히 생각해 주는 당신이 있기에
메말랐던 가슴이 단비로 적셔집니다

끊임없이 이어지는 이슬비처럼
젖는 줄 몰라도 촉촉히 적셔 주는 가랑비처럼
그대의 사랑비는 두고두고 나를 적셔주며
이어졌으면 좋겠습니다

아—
지금의 젖음만으로도 괜찮습니다
고사되어 가던 내가
이미 소생되었거든요
그것만으로도 당신께 충분히 고마워합니다

나는 스스로에게 지나친 욕심을
경계하라고 가르칩니다
사랑의 비는 정함이 없는 하늘의 이치이기 때문에
욕심껏 이루어지는 게 아니거든요

멋진 친구

늦은 밤의 달을 보며 느낌이 있는 건
마음이 허전해서 그런거래

아까 저녁 무렵의 석양빛 노을이
무척 아름다웠는데
그래— 그때도 혼자였어

그렇지만 고독함에 울적해 하지는 않겠어
외로움은 언제나 내 곁에 벗하여 변치 않는
멋진 친구잖아

괜히 갔었나 보다

엄마 무덤가에
옥매화 두 그루, 장미꽃 두 뿌리 심었네

작년 이맘때 꽃 박람회에 모시지 않았더라면
지금의 나
눈시울을 붉히지 않을 수 있었을텐데

소녀인 양, 좋아하시던 그 모습은
병약했던 엄마의 힘들었던 한평생을
착함으로 살다 가신 모양으로 내게 남기고 가신 거다

눈꺼풀이 얇아지기엔 아직 할 일이 많은데
떨어지는 꽃잎을 보면 눈시울이 뜨듯해진다
봄꽃들은 벌써 떨어져 가려나 보다.

가고 오는 그 모든 것은 그냥
못본 척 해야겠다
병약하고 가난한 삶을 살다 가신
그러나 너무나 착하게 살다 가신

엄마의 착한 미소만 느끼며…

오늘

걷고는 있는데 어디로 가는 걸까?
발은 땅을 디뎌 저만치 가는데
내 맘은 제자리만 동동
세월 가듯 몸도 따라 지쳐 가는데,
하루하루 곱한 셈 주름 되어 내 맘은
텅 비어 버린 질그릇 귀퉁이
무채색의 필부여!
날마다 다른색으로 칠해도
지나보면 살아있음이 그냥 감사한 하루

한 몸 되어 같이 서기도 하고
내 몸 줄기따라 각각 다른 명찰 달고 서 있는 사람들
그 속에 왜, 나만 보이지 않을까?
저마다 외롭다고 알아달라고
두 손 번쩍번쩍 들어 순번대로 서 있는데

여러 개의 가면 놓고
시간마다 바꾸어 쓰는 변검쟁이 같아
남에게 충고하는 열의 하나도 못하는 뻔뻔스러움
조급한 마음 들킬까 풀어내지 못하는 맘
주저리 쓸데없는 단어들로
지면만 더럽히는 나의 오만함

맘 한 귀퉁이 접어 기억 한 자락 지우개로 쓱쓱
커다란 색연필로 가슴 구멍 밀어 넣고
자꾸만 쏟아져 나오는 정신없는 오장육부
둘둘 말아 투명 클립 꼭 끼우고

허망한 수다스러움
깨어져 부서질 것만 같은 환한 웃음
공허한 여운
오늘… 나…

시

장 광 분

· 그리움
· 능소화의 유혹
· 만학
· 어느 오후 창변
· 작은 물고기

경기도 안성 출생
한국방송통신대학교 국어국문과 졸업
한국 문인협회 회원
서대문 문인협회 회원
방송대문학회 회원

그리움

예정 장광분

유년의 뒷동산
헤매며 찾던 패랭이

주름진 눈가에
그리움이 가득하다

꽃들이 저마다
유영을 하듯 흐느적거리고

바람은 요염한 자태로
요동을 친다

아이가 되어 버린 난

패랭이 한 무더기
뜰 안에 옮겨
웃음 지며 추억과 함께 노닌다.

능소화의 유혹

바람끼를 잔뜩 머금고
말간 속살을 열어 제쳐
배시시 웃는 모습
헤퍼 보이지도 않고
어여쁘다

화려한 쇼 인도
불빛에 마음껏 치장을 하고
오가는 바람 붙잡는 모습
추하지 않다

깊은 구중궁궐
임 그리다 눈 감은
한스러운 생 한스러워
화냥년이라도 좋다는 듯
드러낸 마알간 속 살이 애처롭다

만학

아직은
힘들다고
늙었다고
엄살을 피우면 안 된다고

책을 펴들고
흔들리는 글자들을
돋보기를 쓰고서야 제자리를 찾아 주지만

힘겨운 싸움은
몇 년의 세월을 보내며
初心으로 소년의 마음을 달랜다

어느 오후 창변

외로워
그리워
보고파
창변 너머를 무심히 바라보는

고고하던 모습도
다정하던 목소리도
이젠
늙어 힘없는 고목이라네

작은 물고기
– 풍경

길잃은 작은 물고기
처마 끝에 매달려
오도 가도 못하고
바람 소리 맞추어
맑고 서글프게 울고 있네

큰 스님 목탁 소리 위로를 받아
어머니 아버지 친구들이 있는
고향길 접어 두고
먼 산 바라보며
끝없는 울음으로 마음을 달래네

시

조 태 식

·청춘의 꿈

·故鄕親舊

·그 이름 불러봅니다

·어머님 생각

·겨울 추억

예명 趙明來, 경남 昌寧 출신
방송대문학회 회장
《현대시선》 시, 수필 등단
한국방송통신대학교 국어국문학과 수료
韓國音樂著作權協會 회원 , 社團法人 韓國演藝藝術人總聯合會
韓國歌手委員會 운영위원, 현대시선 문학사 홍보위원
서초 재향경우회 자문위원
대학로 동숭아트센터 시사회 2011.3.6.동인회 회원
문예예술영화 "夢" 출연
2014년 제48회 가수의 날 올해의우정상 수상
2015년 대한민국 가요대상 시상식 '작곡상'(아리랑연예기획사)
2015년 님아뮤직 인터넷방송국 '골든STAR가요대상' 수상
공저 『등나무 풍경』, 『살얼음진 강가를 떠나며』
노래 〈가을사랑〉 외
010-5478-4755, jts261@hanmail.net

청춘의 꿈

조 태 식

서울역 돌 아치 어린 가슴에 품고
막연히 내달린 서울 상경 길
홍릉 갈비 앞 움켜쥔 배곯아도
청량리역 발걸음이 고달파도
거친 손 움켜쥔 꿈만은 놓지 않았다

개구멍 몰래 본 나훈아 리사이틀
훔쳐 탄 전차 마냥 재밌어
부모 앞에 행복한 또래 아이 부러운 줄 몰랐다

비닐 옷장에 낡은 찬장뿐인
뒷골목 골방에
땀내 묻은 세월 차곡차곡 쌓이도록
이룰 수 없었던 사랑은
남루한 보자기에 동여매 놓았다

눈물은 돌아서서 훔치고
꿋꿋하게 버티며 살아온 40년
굽이굽이 많은 사연 시로 풀어 흘리며
아직도 풀지 않은 나의 주먹 나의 꿈

故鄕親舊

고향 친구 출판기념회 및 동창회
40여 년 만에 만나는 고향 친구들
몰라보게 변해버린 모습들
무심한 세월이 야속하기만 하다

어릴 적 첫사랑 그녀
예전처럼 가슴이 설레었던 것은
얼마나 다행이었는지

타향 사는 죄로 아쉬움 가득 남긴 채
서두른 상경길
눈꽃 닮은 매화가
산자락 곱게 수놓은 듯한
수줍은 진달래가
두 눈을 감겨 버린다

늦은 자리까지 함께하며
흥에 겨운 봄밤을 즐긴다는
메시지에 그만 나는 울고 싶었다

그 이름 불러봅니다

내 사랑 그대여
쓸쓸한 날이면 불러봅니다
보고픔 사무쳐 불러봅니다

불러도 불러도
대답 없는 그대여
불러도 불러도
싫지 않은 그대여

어디에 살고 있는지
먼 발취 서성이는 것만 같아
상상 속에 젖어봅니다
이 밤을 크게 불러봅니다

세월을 걸으며
발자국을 따르며
혹시 혹시 하는 마음에
행여 행여 다독이며
오늘도 그 이름 불러봅니다

어머님 생각

그리운 어머님
아~ 아름다운 세상

보릿고개 먹을 것이 귀해 죽을 먹던 시절
지금의 동네 시장골목을 걸을 때 마치 천국 같다
너무나 많은 음식
어머니가 이걸 보시면 얼마나 좋아하실까
아마도 눈에 보이는 대로
몽땅 사시려고 하셨을지도 모르지
시장길 걸을 때는 꼭 어머님 생각이 나곤 한다
이렇게 편하고 좋은 세상 한 번도 보지 못하신 채
농사일에 고생만 하다 가신 것을 생각하면
죄스럽기 그지없다
그래도 그 시절 어머니가 계셨기에 행복했고
그립기만 하다

오늘도 시장길을 걷다 어머님 생각에 잠시
생전의 불효를 빌어본다

겨울 추억

돌아가자
겨울 찬바람 타고 추억 속으로

우포 늪가엔 내가 있었다
내 발에 신기어진 스케이트
철사로 엮은 발 모양의 나무 스케이트
뒤뚱거리며 지쳐가던 얼음판 위에
신나기만 했던 겨울

빨갛게 언 손 호호 불며
얼음에 젖은 옷자락 끌고
대문 앞 망설일 때
타닥타닥 군불 지피는 소리
구수한 냄새 달작한 고구마
"배 안 고프나 퍼뜩 묵거라"

돌아가자
다시 꿈을 꾸자
나는 따뜻한 고향 집으로 가고 있었다

시조

신 영 자

연화당
충남 천안 출생
한국방송통신대학교 국어국문과 졸업
1999년 월간 《한국시》 신인상 등단
한국문인협회 회원
한국시조시인협회 회원
한국시 문인회 서울 부회장
한국여성시조문학회 이사
한국여성문학인회 회원
방송대 문학회 고문
2005년 한국시 시조부문 대상수상
2010년 35회 노산문학상 수상
시조집 『어머니의 정』
010-5297-4735

겨울비

신 영 자

흐름을 타고내린 한 시절 고단함에
이별의 손짓으로 벗어버린 자국인가
겨울비 계절의 단상 위로
시름 되어 내린다

깊은 산 눈꽃 피운 나목 위에 내리며
낯선 표정으로 꿈을 올린 행렬따라
외로운 하얀빛의 기억
눈밭 길에 올린다

정시린 눈빛으로 세월을 담아 내려
속 모를 애태움은 나그네의 소망으로
빗소리 들리는 창가에
꽃 그림을 그린다

동백

기다림 눈빛 잡은
사랑의 묘약으로

애끊는 사연 날린
동백의 빨간 눈물

송이째
떨어진 꽃잎 위에
흰 눈발이 날린다

팔월의 소야곡

황금빛 햇살 담아
풀빛 태운 끝자락에
긴 하루 붉은 열정
노을빛 날리우며
갈댓잎
스삭스삭 소리
소야곡이 흐른다

계절은 울음 타며
저만치 가로누워
설움의 침묵 위에
가는 길 응시하며
눈빛은
울어버릴 듯
넋두리를 곱는다

청풍호 연가

하늘빛 푸르름에 실비단 물길 일어
호수의 흰 입김은 연인을 부르는가
열정은
나래친 물결 위에
꿈을 태운 청춘이여

물새의 춤사위에 안식을 풀어내며
환희의 그리움은 생존을 태우는데
우주는
긴 역사를 담아
덧없이 흘러가나

물빛에 애환 실어 삶의 소리 일구우며
물안개 바람 타고 신선은 떠났는가
가을빛
인생의 노랫소리
호숫가에 흐르네

사계

보리밭 뉘어 날린 연주의 조율 속에
생 기운 차오름의 엽산을 올리우며
목련꽃 하얀 미소 담아 피어나는 봄날을

청포도 무르익는 고향의 유년 시절
칡뿌리 앙금으로 풀어 내린 노란 생물
여름밤 반딧불 초상화에 유성 흘러내린다

붉은빛 수수밭에 여치의 갉는 소리
들녘에 결실 올린 황금빛 명품으로
태양은 오색 물든 산야를 마법으로 태우나

소스락 싸락 눈발 도란 대는 긴 겨울밤
호롱불 끄름 위에 부엉이 울음소리
어머니 버선 기운 손길 졸음 속에 홀친다

시조

이 건 원

· 흰머리

· 함성

· 미국수학협회

· 첫눈

法名 彻善
이화마을 작은 도서관 회원
한국방송통신대학교 문학회 정회원
한국윤리학회, 미국수학협회 종신회원
서울대학교 공과대학 등에서 철학을 강의하였음.
저술 『다수 언어상황에서의 의미론』 등
공저 및 번역: 『논리연구』, 『문제를 찾아서』
『현대철학의 쟁점은 무엇인가』, 『언화행위』 등
010-2332-6218

흰머리

이건원

눈길 걷기 백릿길
반백 년 전 고향 떠나

비행기로 세계 돌아
학자들 만나더니

백발도 성성하니
이제 조용히 살고 싶다

함성

늦가을 보슬비 겨울을 불러오고
오래된 학교생활 마무리하다 보니
어쩌다 그리된 나의 삶 되뇌인다

몇백 년 앞산 불갑 안산에 힘입은
마을의 훈기 속에 부모 덕에 자라더니
내외로 가두시위 행군이 다반사네

마로니에 은행 속에 굳게 서 버티는데
학교에 남다 보니 가서 보고 말하라네
하늘길 따라가며 서로의 마음보네

태평양 해변도, 내몽고 사막도,
머릿속에 감돌지만 서느 바람 이 몸에
이 땅에 할 일도 많다는 생각이다

미국수학협회

남미의 늦여름 모여든 교수님들

마무리 인사로 한국서 간 나도

바쁘게 움직이니 이것이 삶이구나

첫눈

새날이 눈 뒤에 환하게 비친다

이러한 새 마을이 누리에 오라고

책장을 덮으며 우리 역사 비춰보네

동시

우 재 정

· 새싹
· 봄바람
· 사과를 먹으며
· 겨울
· 감나무

부산 출생, 명예문학박사
월간 문학공간(시) 등단, 월간 조선문학(풍시조) 등단
한국문인협회회원 남북교류위원
한국본부국제펜클럽 회원, 죽정문학회 회장
경기문협 제도개혁위원장, 한국작가 중앙위원
문학공간중앙위원, 조선시문학회 회장,
하남문인협회 5~6대 회장 역임, 하남문협 고문
하남예총 감사, 한국시낭송가협회 이사,
세계예술문화아카데미 회원, 21c아카데미 회원.
방송대문학회 회원
경기도예술상 외 다수 수상
저서 『그리움의 여백』, 『하늘바라기』, 『아버지의 뜰』
『동행』, 『바람에게도 길은 있더라』 외.
wjj1945@hanmail.net
010-2393-1158

새싹

우 재 정

찬란한 햇빛
옹기종기 실눈 뜨고 귀 열어
세상을 올려다본다

옹기종기 무리 이룬 정오의 텃밭
어린 날
막냇동생이 옹알이하듯
쫑긋쫑긋 내미는 연둣빛 입술

"윙윙"
바람 소리
고개 내밀다
쏘옥 숨을 죽인다

살을 에어내는 추위에도
땅속에서 모락모락 피어 올린
생명

파란 새싹이 쏘옥
내 동생 모습이다

봄바람

하나님은 해마다
봄이란 이름으로 집배원도 없이
담장 너머로
봄바람을 보낸다

대나무 숲에서 불던 밤
바람 소리
마른 갈대가 흔들어 연주하는
마왕의 음악 소리 잠재운다

봄은
초록빛 노란빛 바람 불러낸다
하늘엔 구름이 피어난다
구름은 봄비가 되고 싶다

사과를 먹으며

사과 먹다 꿀꺽 삼킨 사과 씨
몸 속에서 싹이 트면 어쩌지?
겁먹은 내 동생
어쩔 줄 모른다

영이야,
씨앗은 땅속에서 싹이 트고
거름을 먹고 자란단다

아하!
보름달 같은 얼굴로
깡충깡충 밖으로 뛰어나가는
예쁜 내 동생

겨울

"아이 추워"
장갑 끼고 목도리 두른
영희 얼굴은
뽀송뽀송 잘 익은 복숭아

길가에서 과일 파시는
빨갛게 언 아주머니 코는
산수유 열매

영희 입가엔 함박꽃
아주머니 입가에도
뭉게뭉게 피어오르는 안개꽃

감나무

가을로 가득 찬 정원에
가을로 서 있는 감나무 한 그루

가지 휘도록 주렁주렁
흔들릴 때마다

풍력으로 일으키는 가을의 자장
빨갛게 가을의 등불이 켜진다

등나무 풍경 6집

수필

홍윤기 김도영 김초롱
이건원 이순애 조태식

수필

홍 윤 기

· 국문과 신입생인가요?

· 사람답게 사는 길

2009년 4월 《문학저널》 수필부분 신인상.
한국문인 협회회원
한국방송통신대학 국어국문학과 재학중
방송대문학회 부회장
2013~ 현재 서울시 동대문구 실버기자
수필집 『예순다섯살의 고교생』
동인지 『인생교과서』 외 다수

국문과 신입생인가요?

홍윤기

입학(入學)이란 뜻을 모르는 사람이야 없겠지만 그 사전적 의미는 글자 그대로 학교에 들어간다. 는 간결한 문장으로 정의하고 있다. 그럼에도 불구하고 입학이란 여러 가지의 의미를 가지고 있다고 할 수도 있다. '학교에 들어간다.' 는 것은 틀림없지만 들어가는 학교에 따라 본인은 물론 주위의 사람들의 반응과 기뻐하는 정도, 축하의 말 모두가 제각각이다. 다르게 말한다면 젊은 부부가 아이를 키워 일곱 살이 되어서 초등학교에 입학시키면서 첫 학부모가 되는 기쁨과 손자, 손녀를 학교에 입학시키는 그 할아버지가 느끼는 기쁨은 그 정도와 의미에 있어 다를 수 있다. 자신의 2세가 어느새 학교에 갈 나이가 되었다는 것에 대견하고 녀석을 키우면서 겪어야 했던 일들이 새삼스럽게 마음을 흐뭇하게 한다거나, 삶의 황혼기에 자신의 유전자를 이어받은 아이가 이제 제 몫을 배워 한 사람의 인간이 되기 위한 출발선 상에 섰음을 감격해 하는 할아버지, 할머니들의 기쁨은 같은 것 같지만 그 의미와 정도는 또 다를 수도 있을 것이다. 또 아이가 건강하게 성장해서 중학교, 고등학교 그리고 대학에 입학할 때마다 그들 부모나 조부모들이 느끼는 감정과 소회는 또 다른 느낌이며 감동일 것이다.

하물며, 자신의 2세가 아니고, 또 손자 손녀도 아닌 자신을 위하여 소위 만학(晩學)을 결심하고 늦은 나이에 학교를 선택한 우리 방송통신대학에 입학하는 후배들의 감회는 또 다른 감동으로 잊을 수 없는 순간이 아닐 수 없을 것이다. 이미 3년 전에 대학 입학을 경험한 필자로서 그 동병상련(同病相憐)의 감동을 어느 정도 이해하기엔 충분하다는 생각을 한다. 그때의 감동은 자식의 입학에서 느끼는 그것보다 더욱 애틋하고 스스로가 대견해지기도 한다. 그런 감동을 경험했고 생각보다는 더 많은 사람이 제각기 사연은 다르지만 나와 같은 감동을 했을 것이라는 점에서 남의 일 같지가 않았다. 이제 4학년이 되면서 특히 우리 국문학과를 선택한 학우들의 속마음을 어느 정도 헤아릴 수 있는 경지(?)에 이르렀다. 반세기나 늦게 배움의 길을 찾으면서 망막하고 무엇부터 시작해야 할지 모르던 나의 신입생 시절의 내 모습이 오늘 새롭게 나와 같은 길을 선택한 후배님들의 모습에서 오버랩 되어 또 콧등이 찡해진다. 처음 입학했을 때 길을 못 찾아 어리둥절 하는 시골 촌닭 같은 내게 선뜻 손을 내밀어 이끌어 주던 젊은 선배, 또 나이 지긋한 선배들, 그들이 함께 가자고 격려하고 내가 갈

길에 불을 밝혀 도와줬기에 기적처럼 무난하게 여기까지 올 수 있었다는 것에 고맙고 경이로움을 느낀다. 진실로 그것은 참 인간만이 주고받을 수 있는 따스함이며, 정(情)의 발로였다. 요즈음 같이 삭막하고 황폐해진 사회에 독버섯처럼 만연한 지독한 이기주의의 현실 속에서 그들 선배가 베풀어준 사랑과 우정은 글자 그대로 또 다른 세계를 경험하게 해주었다. 덕분에 필자는 70평생 경험하지 못했던 대학생활을 스무 살 새내기가 되어 행복하게 즐길 수 있었다. 새로운 삶의 세계를 탐험하고 있는 것이다. 그것은 인간은 홀로 살아갈 수 없다는 진리를 몸으로 깨닫는 계기가 되어 주었다. 그들과 함께 난생처음 MT라고 불리는 모꼬지에서의 추억, 저승사자 같은 기말시험도 선배들의 조언을 받으며 그 커트라인을 넘기던 스릴은 경험하지 않고는 느껴 볼 수 없는 값진 짜릿함이 아닐 수 없다. 명색이 글쟁이로 등단한 문인이라면서 대학에서 처음 받은 리포트는 또 어떻게 쓰는 것인지 그 형식을 몰라 전전긍긍할 때 2학년 젊은 선배가 일러주던 자상함 덕분에 문인다운 필치로 자신 있게 써낸 글이 만점을 획득했을 때의 성취감은 하늘을 날 듯, 처음 문단에 이름을 얹을 때의 감동 그 이상이었다.

"이 고마움을 어떻게 갚아야 하나요?" 하고 물었다. 선배들은 한결같이 "후배들에게 갚으면 됩니다."라고 답해 주었다. 지금도 머리 한구석에 지워지지 않는 그들의 말은, "빨리 가려면 혼자 가고, 더욱 멀리 가고자 한다면 함께 가라."던 것이었다. 나는 이 말을 오늘 입학이란 이름으로 새롭게 출발하는 신입생 후배님들에게 대를 물려 돌려줘야겠다. 적어도 내가 받은 만큼이라도 내 후배들에게 돌려주는 것이 내가 받은 그들의 사랑에 보은(報恩)하는 길이라고 믿기 때문이다.

국문학과를 선택한 학우들 대부분은 '왜 국문학과를 택했느냐?' 는 질문에 공통적인 대답이 있다. "글을 쓰고 싶다. 는 것이다. 물론 글에는 여러 가지 장르가 있다. 그 많은 장르를 망라하여 자신의 살아온 삶의 흔적들을 남기고 싶다는 것으로 귀결된다. 필자의 경우는 이미 2009년 수필가란 이름으로 문단 말석쯤에 이름을 올려놓고, 수필집으로 『예순다섯 살의 고교생』을 출판했고, 동인지 활동도 나름대로 하고 있다. 따라서 '글을 쓰고 싶어서…' 국문과를 선택한 것은 아닐 수 있다. 그렇다면 나는 '내 글을 읽어 줄 독자들에게 최소한의 예의를 지키기 위해서' 라고 대답한다.

그렇다. 체계적인 글쓰기 공부를 통해서 독자들에게 좋은 글을 써야 한다는 글쟁이의 최소한의 양심이 국문과로 안내했다고 하는 것이 옳을 것 같다. 그렇게 나 자신만 생각했었던 것이 사실이지만 국문학과에 입학하고 함께 가야할 학우들을 찾으면서 위에서 언급한 선배들을 만나게 되었다. 그들 재학생 선배와 이미 오래전에 졸업한 많은 동문선배까지를 만날 수 있었다.

'도대체 무엇이 이들을 이처럼 하나 되게 하는가?' 불가사의한 일이었다.

그들 선배와 간단한 대화를 통해 앞으로 대학 4년 동안뿐 아니라 이들과 함께 '나 하늘이 부르는 날까지 함께 하리라.'는 마음의 다짐을 하게 됐다. 필자의 개인적인 생각이지만 더욱 인간다움을 지향하려는 나의 글쓰기에 그들의 뜻이 부합되고 있다는 것이 가장 큰 이유였다.

그들 선배에게서 나는 인간다움을 볼 수 있었다. 생면부지의 남남이지만 그들과 함께하는 동안 가족과 같은 분위기 속에서 학문을 배워가면서 동시에 인간을 다시 배우는 소중함이 거기 있었다. '형만 한 아우가 없다'는 말의 참뜻을 헤아리게 되었다. 선배가 공연히 선배가 아님을 배워간다. 인생 70이라면 삶에 관한 무엇이 더 필요할까만 나는 그들에게서 더 많은 것을 배워간다.

매월 외부의 저명한 교수, 작가, 인사들을 초청해서 우리들의 모임(수용미학연구회)의 뜻에 걸맞은 〈문학비평〉 시간을 가짐으로써 동문과 재학생이 늘 만날 수 있는 시간을 갖고, 서로의 안부를 주고받을 수 있다는 것은 쉬운 일 같지만 요즘 사회에서 보기 드문 우정의 만남이고, 또 하나의 프리미엄이라고 할 수 있다. 필자는 행복한 마음으로 2016년 새로운 세계에 도전하며, 국문과를 지망한 후배님들에게 내가 선배들에게서 받은 사랑과 우정을 돌려줄 준비를 하고 있다.

사람답게 사는 길

『논어』는 동양에서 영원한 스승으로 추앙받고 있는 공자의 사상 중에 가장 신뢰할 수 있는 문헌이다. 공자는 『논어』에서 덕성의 함양을 위해 끊임없이 자신을 수양하여 이상적인 인간이 되기 위해 노력하는 과정의 인간을 일러 군자(君子)라고 표현했다.

자세하게 보면 이미 바람직하고 이상적인 인간상을 구현한 인간뿐 아니라, 그런 인간이 되려고 노력하는 과정의 인간까지도 포함하고 있다. 미완성의 인간이 완성된 인간이 되기 위한 노력만으로도 이미 군자의 반열에 올랐다는 것을 의미한다고 할 수도 있겠다. 다른 말로 한다면 인간이라면 누구나 군자(君子)가 될 수도 있고, 누구나 군자가 될 수 없다는 말도 성립된다. 논어의 군자론 편에 대체로 군자란 개인적인 이익과 일정한 거리를 두는 사람으로 '군자는 도를 추구하고 먹을 것을 추구하지 않으며, 도를 걱정하고 가난을 걱정하지 않는다.' 거나 또는 '군자는 밥한 그릇 먹는 사이에도 인(仁)을 어기지 않는다.' 라는 등 군자란 자신의 이익보다는 사회적 가치를 우선하는 사람을 뜻한다.

공자께서는 또 " '富와 貴' 는 모든 사람이 원하는 것이지만 마땅한 도리(道理)로 얻지 않으면 머물지 않는다. 불의(不義)로 얻은 부(富)와 귀(貴)는 뜬구름과 같다."는 시어(詩語)로 표현하기도 했다.

여하튼 공자의 군자론(君子論)은 정의로운 인간을 지향하는 성인(聖人)의 말씀으로 삶의 귀감이 되는 몽매한 인간의 지침서라고 할 수 있을 것 같다.

필자는 학문이 짧아 이글을 만들기 위해 공자의 군자론을 다시 펴서 옮겨왔거니와 대중 앞에서 입만 열면 청산유수(靑山流水) 같은 언변(言辯)으로 대중에 인기를 한몸에 받는 사람 중에는 말과 행동이 천양지차임을 보면서 눈살을 찌푸리게 하는 인간들을 종종 보게 된다. 내년 총선 시기에는 또 얼마나 감언이설(甘言利說)을 들어야 할지 벌써 머리가 지끈거린다.

필자의 개인적인 생각이지만 군자라는 호칭에는 조금 못 미치는 단어라고 생각되는 말로 대인(大人)이라는 말도 있다. 좋게 생각하면 군자로 가기 직전의 사람이라고 해석해도 좋겠지만, 꼭 그렇지도 않은 경우에 쓰인다. 존경하는 사람을 호칭하거나 윗사람을 호칭할 때 쓰이기도 한다. 그러나 중국인들은 관청에 수장이나 부호(富豪)들에게 허리를 반쯤 구부리면서 송구한 듯 호칭하는 모습이 어울리는 것을 보면 아마도 아부성 호칭 같게 보이는 것이 필자만의 생각인지 모르겠다. 설마 진정에서 우러나오는 존경의 의미를 가진 대인(大人)에게야 그럴 리 없겠지만 말이다.

요즘 우리 사회에 얼마나 많은 진정한 의미의 대인이 있으며, 얼마나 군자의 길을 가려고 노력하는 인간이 있을까?

『논어』가 한자(漢字)로 엮어졌기 때문에 읽고 해석하기가 난해해서 인지 요즘 세상에 우리 피부에 와 닿지 않는 성인의 말씀이어서인지 알 수 없지만 그 금과옥조 같은 금언(金言)임을 인정하면서도 그것을 몸소 실천하려는 사람을 찾아보기 어렵다.

하기야 군자나 대인이 가는 길이 쉬운 길이라면 공자께서 할 일 이 없어서 군자는 이래야 된다고 말씀 하셨을까마는, 어찌 성인의 말씀이 『논어』 뿐이겠는가? 기독교인들의 『성경』도 있고, 이슬람의 『코란』도 있지 않은가? 필자는 성인들의 말씀을 정독해 본 일도 없고 더구나 『코란』 같은 경전은 구경도 못 해봤다. 부처님의 자비가 근간이 되는 『불경』 또한 그렇지만, 읽어보지 못했고 만져보지 못했으나 그 내용은 미루어 짐작건대 '인간으로서 인간답게 살라' 라는 말씀이리라고 생각한다. 그리고 '사람답게 살기 위해서 이래서는 안 되고 저래야 한다.' 는 세부적인 지침으로 되었을 것이다. 물론 심층적으로 성인의 말씀을 연구하고 공부하는 분들께는 불경스런 얘기가 되겠지만 말이다.

다만 문제는 그렇다는 것을 알면서도 실천을 못 하고 있다는 것이다. 배우지 않았어도 인간은 인간의 도리를 대체로 알고 있을 것이다. 라는 얘기다. 안 된다는 것을 알면서 행하고 한 점 후회도 하지 않는 철면피들이 온통 세상을 활보하고 있다.

소위 군자, 대인의 나라의 표현을 빌린다면 10만 국

민의 대표로 뽑힌 선량(選良)들 모두가 대인(大人)이어야 마땅하거늘 그들 중에 대인이 과연 얼마나 있을까도 흥미 있는 얘깃꺼리가 되겠다. 하긴 통 크게 꿀꺽 하는 순서대로라면 다투어 대인임을 자처할 지도 모른다.

필자는 올 추석의 슈퍼문(super-moon)을 바라보면서 '더도 말고 그저 여생(餘生)을 사람답게 살게 하소서.' 하고 소원을 빌어 보았다.

세상이 하 수상하니 나름대로 대인의 도를 넘어 군자로 가려는 사람을 모략하고 흔들어 추락시키는데 이골이 난 인간들도 더러는 있다. 무슨 심술인지 자신에게 손해 날 일도 아닌데 그렇게 살면서도 참으로 용하게도 배 두드리며 산다. 단순하게 가진 것으로만 득실을 따진다면 성인의 말씀을 귀감으로 해서 욕심 없이 살고 있는 군자의 맨 아래 신입쯤 되는 사람들조차 가난을 벗어나지 못하고 산다.

겉으로는 '성인군자(聖人君子)' 의 직계 제자임을 호헌하며 어깨에 힘주고 다니는 사이비 군자들이 훨씬 부(富)를 누리고 산다. 필자 같은 무지렁이는 그 이율배반을 이해할 수 없다.

필자가 경험한바 에 따르면, 남을 미워하고 욕하면 욕먹은 사람은 별일 없는데 자신이 더 아프고 슬프며 스트레스를 받아 급기야 병(病)을 얻기도 한다. 그런데 참으로 어리석게도 많은 사람이 그것을 알고 있으면서도 그것을 그만두지 못하고 있다.

"마음을 비웠습니다. 모든 것(기득권)을 다 내려놓고 양심적으로 살겠습니다."

말로는 해 놓고 뒤로는 엄청난 욕심으로 가난한 서민들에게 상대적 박탈감을 안겨준다. 29만 원이 가진 것에 전부라는 어느 전직 대통령을 모시고(?) 사는 형편이니 우리 민초들은 참으로 불행한 사람들이 아닌가?

5,000만 인구를 자랑하면서 그 중에 군자를 열 명만 양손으로 헤아릴 수 있다면 이처럼 허탈하지 않아도 되련만, 모두가 사이비 군자요, 가짜 대인들이 '군자는 대로(大路)행이라며 거리를 활보하니 우리 같은 민초들은 좁은 길조차도 황송할 판이다. '윗물이 맑아야 아랫물도 맑다.' 했는데 위로는 만인지상(萬人之上)으로부터 그 아래 일인지하만인지상(一人之下 萬人之上)인 재상(宰相)까지도 차디찬 옥중에서 반성은 고사하고, 구구절절 억울함을 호소하고 있다. 참으로 딱하고 구차하게 보인다.

아랫물이 제아무리 맑으려 해도 역부족이 아닌가? 모든 권력은 국민으로부터 나온다는데 왜? 우리는 청백리(淸白吏)를 가려보는 혜안(慧眼)이 없는 걸까? 우리 자신도 가슴을 치며 성찰해 볼 일이다. 세계에서 가장 빠르게 민주화와 경제발전을 이루었다는 자부심을 갖는 것도 좋지만, 여기에서 안주하다 보면 불과 몇십 년 안에 말짱 도루묵이 된다는 것을 왜 모를까.

자칭 타칭 최고의 지성이라는 사람들이, 억(億)의 유혹에 빠져 평생 쌓아온 명예에 오명을 남기는 어리석음을 범해서 자신의 조상마저 욕보이는 슬픈 군상(群像)들이 하도 많기에 이 밤잠 못 이루고 횡설수설해 본다.

수필

김 도 영

· 마지막 참회록

충남 서천 출생
제23회 직장인여성백일장 충청남도 도청 주최 수상(1992년)
제29회 서울 지역대학 국어국문과 주최 통문 수상(2015년)
제9회 한국방송통신대학 국어국문과 주최 학술지 문연 수상(2015년)
한국방송통신대학교 국어국문학과 재학중
방송대문학회 홍보부장

마지막 참회록

김도영

인류의 발자취를 따라나서는 사람들로 오늘 아침도 창문 넘어 세상은 어느 오월(1980. 5 .18) 시위대처럼 분주하다.

이른 아침 상상첨중인 딸아이를 겨울바람에 뉘어 놓고는 어미 된 자라 마음이 겨울바람처럼 시리다.

얼마 후에 남편이 급하니 출근을 서두르고 희미하게 체취만 남아 있는 현관 앞에는 얇은 미소를 하고 얼마 전에 목돈을 주고 산 등산화가 "주인님 오늘은 어디로 모실까요?" 라며 연신 실근 거린다.

'그래 문학기행을 가보자.'

서둘러 집안일을 번개 불에 콩 구워 먹듯 정리를 하고 새 신과 한 몸이 되어 고급스런 클래식 음악에 몸을 싣고 집을 나선다.

현관문을 나서자 제일 먼저 만나는 청소부 아주머니 하루를 맑고 깨끗하게 호호 불어가며 먼지를 닦아 내신다.

먼저 인사를 건넨다. "힘드시죠? 쉬엄쉬엄하세요."

작은 관심이 고마우셨을까 삶이 고루한 작업복 주머니에서 달달한 사탕 하나를 꺼내 주시고는 "산에 가시는가 보네요. 조심해서 다녀오이소."

언젠가 아주머니는 내게 눈물 섞인 이야기를 하신 적이 있으시다.

"한평생 하늘을 지붕 삼아 전국을 떠돌며 환전판과 놀음판을 기웃거리는 철부지 남편을 잘못 만나 당신 평생 이 험한 일을 하신다고…."

젊어서는 굶기를 밥 먹듯 하셨다며 고물고물한 새끼를 집에 두고 나오는 맘이 오죽했겠느냐며 "그런 자식들이지 애비를 닮지 않고 잘 자라서 이제는 어머니 유람도 다니시고 편하게 사시라고 성화를 부려도 배운 것이 도둑질이라 한 푼이라도 벌어서 못난 어미 만나 고생한 자식들에게 무언가를 해주고 싶다" 하시며 충혈된 눈으로 희망의 미소를 지으셨던 일이 호호 부는 뿌연 입김 속에 환한 거울로 금새 맑아진다.

여자는 미약하나
어머니는 분명 위대하리라!

하나, 둘, 셋.

층층 계단을 내려와 한참을 내려오니 정육점 아저씨 두 분의 언쟁이 심상치 않다.

이유인 즉슨, 원조 정육점 건너편에 다른 정육점이 얼마 전에 들어와서는 장군이냐, 멍군이냐 살어름 갈라놓듯 목소리는 해답던 겨울 하늘에 쩌렁쩌렁 명자국을 낸다.

불연 듯머릿속에 스쳐 가는 철학자의 이론, "살기 위해 먹는가? 먹기 위해 사는가?"

'어떤 이론에 한 표를 던질 것인가?'

아마도 나는 평생 갈림길에서 고민하겠지.

이런저런 생각 끝에 어느덧 이정표는 윤동주문학관을 가리키며 반갑게 시객들을 맞을 준비를 한다.

시인의 순수한 넋이 담겨서일까. 눈에 띄게 하얀 건물은 순간적 전율을 흐르게 하며 가슴 뭉클한 전설의 이야기를 금새라도 토설할 것처럼 울먹인다.

윤동주 시인은 자신의 잘못된 과업을 참회록이란 시인 통해 손바닥과 발바닥으로 닦아 내려 필사의 애를 썼으며 광복 6개월을 앞두고 27세의 짧은 나이로 일생을 마감한 시인이다.

일제 강점기 우리나라 문이 들은 얼마나 암울한 세기를 보내야 했던가?

자신의 의지를 피력하지 못하고 송두리째 짓밟힌 영혼, 단절한 정의, 힘없는 문학. 친일의 원고를 오직 한 편 쓰고는 죄책감에 시달려 붓을 꺾었던 수많은 문인들….

그러나 "일제 친일은 하늘의 뜻이다. 일제가 백년은 갈 줄 알았다."며 자신의 행위를 정당화 하려 했던 서정주. 그러했기에 일생도록 윤동주 시인과 다른 참회록을 쓰며 평가 절하된 이데올로기는 수많은 예술적 가치를 잃어버려 채 가슴 아픈 문학사의 새끼손가락이 되고 말았으며, 끝내는 검은 구름을 타고 타들어 가는 노을 속으로 사라지고야 만다.

시대적 현실의 안타까움과 아픔이 고요히 잠들어 있는 기행을 마치고 돌아오는 길에 무거운 내 마음이 전해졌을까? 하늘에서 하얀 눈이 분분히 나래를 편다.

아! 어디선가 들려오는 은은한 울림, 겨울 찬바람 가볍게 내 귀에 속삭인다.

지금 걷고 있는 나의 뒤 모습, 어쩌면 누군가 따라 걷고 있으니 한발 한발 정성을 다해 후회를 남기지 말고 걸어가라고 충혈 된 내 마음을 위로하며 다독인다. 무엇인가 도래하며 생각할 수 있는 소중한 시간이 있기에 참 좋다. 구멍 난 가슴, 함박꽃을 달고서 또다시 힘을 내어 묵묵히 걸어가려는 내일이 있어, 나는 아름다운 세상에 처음처럼 담금질을 한다.

수필

김초롱

· 떠남과 만남

1985년 12월 23일 생
한국방송통신대학교 일본학과 재학중
방송대문학회 회원

떠남과 만남

김초롱

지금으로부터 1년 전 2월 14일 토요일 오후.

이날은 엄마가 집에 들어오시지 않는 날이었다. 엄마 친구분 따님의 결혼식이 다음 날 있다고, 엄마는 이날 친구분 댁에서 주무시기로 하셨다.

잠실에서 일본학과 예비 3학년 스터디를 마친 후 기대감에 부풀어 서둘러 2000번 버스를 탔다. 그날은 왠지 버스 안에는 사람이 거의 없었다. 편안하게 앉아서 차창 밖을 내다보니 어느새 유년기 시절의 추억에 젖어 있었다.

내가 다섯 살이 되던 해. 거여동에서 살았을 때, 엄마랑 롯데월드를 자주 가곤 했다. 매해 크리스마스가 되면 할머니와 이모님의 손을 잡고도 아장아장 걸으며 롯데월드 어드벤처나 매직 아일랜드도 역시 자주 가곤 했다. 떠남과 보냄의 심오한 의미를 생각하며 달리는 차창 밖으로 잠실대교의 수차례 바뀌는 조명의 색을 바라보면서 추억 속에는 존재했지만, 지금은 없는 것들을 생각해 보게끔 해주었다.

그것도 성에 차지 않았는지 파란색 노란색 주황색 초록색 흰색 등 쉬지 않고 다양한 색으로 갈아입는다.

사람의 마음도 이런 것인가?

한때는 빨간색을 비추어 잠실대교를 빨갛게 물들게 했더니만 몇 분이 지나지 않아 보라색으로 비추더니 잠실대교를 보랏빛으로 물들였다. 이처럼 정이 식는다는 것. 한 때나마 내게 주었던 관심과 사랑은 순간의 무관심으로 변하는 것도 사람의 마음인 것 같다.

지금으로부터 2년 전 이무렵, 사회로 첫 발을 내딛는 순간 그때부터 1년 가까이 서툰 내게 애정과 관심을 가졌지만 지금은 무관심한 한 사람. 내 여고 시절 내게 끝까지 자신감을 잃지 않게끔 격려와 찬사를 아낌없이 주시며 든든한 내 편이 되어주셨던 가정 선생님. 내 마음에 생채기만 깊게 파놓고는 아무런 변명이나 사과 없이 떠나버린 기림산방 수련 동기생 친구….

어찌 보면 추억 속에 존재하던 것들은 다 하나둘씩 떠나버리고 내겐 그 빈자리들의 허전함 뿐이다. 때로는 누군가를 목마르게 그리워한다. 때로는 떠날 때 내 마음을 칼로 난도질하고 상처를 내고 달아난 이에 대한 증오를 하기도 한다. 또 한때나마 정말 친자식의 일처럼 발벗고 나서서 나를 챙겨주고 염려해주고 애정 어린 관심을 가득 채우며 사랑과 정을 주었던 이에게 배신을 느끼기도 한다. 세상의 순리서 사물이든 사람이든 그 외에도 세상의 수많은 존재와 어떤 방식으로든 난 그들을 보내게 된다.

난 창피하게도 서른이 넘은 지금까지도 연예를 해 본 적이 없다. 하지만 세상을 살면서 수많은 것들과 얘기치 않게 작별을 하면서 살아오곤 했다.

가령 A라는 남자와 B라는 여자가 있다고 하자. A라는 남자가 B라는 여자를 사랑할 때는 뭐든지 한 여자를 위해 다 줄 수 있는 것처럼 간과 쓸개 뿐만아니라 목숨까지도 내어 줄 수 있는 것처럼 헌신하지만, A라는 남자의 마음이 단시간에 식어버리면 그 남자의 기억 속에는 한때나마 B라는 여자와 함께했던 추억까지도 사라지게 된다. 따라서 A라는 남자에게는 B라는 여자의 존재가 무의미하게 되는 것이다. 그와 동시에 B라는 여자는 마음에 허무함, 공허감, 배신감 등이 얽혀서 마음의 응어리가 되는 것이다. 이와 같은 것처럼 떠남이란 이별이란 그 상실감의 여파는 크다. 또 그 아픔이 치유되기까지는 영겁의 세월이 걸린다. 이처럼 남자 A가 마음이 변해서 여자 B에게 헤어지자고 이야기하는 경우 그 상황에 느낄 수 있는 감정들을 굳이 연예를 하지 않았어도 나는 늘 경험해 왔다.

단 한 번만이라도 만나고 싶은 한 사람. 그 사람이 내 마음의 빈자리라도 대신 채워줄 수 있다면….

쓸쓸한 마음으로 집으로 돌아왔다.

은은하게 들려오는 라디오 소리. 자박자박 나를 향해 걸어오는 반려견 모카가 나를 반기고 거실은 아무도 없이 고요한 정적이 흘렀다.

때마침 김광진 씨의 편지라는 곡이 나왔다. 엄마는 요즘에도 외출하실 때 'EBS 책 읽어 주는 라디오' 라는 채널로 켜주고 나가곤 하신다.

고요한 거실에서 들려오는 김광진 씨의 '편지' 라는 곡은 딱 내 감정을 읽는 듯 했다. 누군가를 보내야만 하는 경우, 그리워하면서 보고 싶지만 끝내는 만날 수 없음을 노래의 가사는 내 마음을 그대로 표현하듯 가슴이 아렸다.

이별을 받아들이는 노래 가사 속의 화자는 한때 자신이 사랑했던 사람이었지만 떠나보내야 할 수밖에 없는 숙명임을 담담하게 받아들이고 있다. 노래 가사 전체가 애절하지만, 첫 구절의 가사는 사랑했던 이와의 이별을 무덤덤하게 받아들이겠다는 화자의 체념이 느껴진다. 아직은 미련이 많고 너무나도 사랑하지만 헤어져야만 하기에…, 헤어질 수밖에 없기에…, 그 아픔을 체념으로 승화시키는 듯하다. 이 노래 가사 속 화자는 지난날의 자신과 함께했던 아팠던 추억들은 다 잊어버리고 화자 자신보다 더 좋은 사람 만나서 더 행복하게 살기를 기원하고 있다. 하려했던 말을 참아내고서 애써 사랑했던 이를 떠나보내는 화자는 떠나가는 이의 행복을 기원하며 자신의 아픔을 승화시키려 하고 있는 것이다. 피할 수 없는 숙명적인 이별의 순간에도 화자가 받게 될 아픔과 상처에 집중하기보다는 한때 사랑했던 그렇지만 떠나가 버린 이에 대해 염려를 하고 있다.

또 화자는 자신을 떠나가 버린 이에 대해 원망을 하거나 증오함과는 달리 사랑했던 이가 자신의 인생에서 함께해준 시간들이 있어서 이제까지 견뎌왔음을 겸허히 감사하고 있다.

나는 가사 속의 화자의 심경을 100% 이해하고 공감할 수 있다. 떠남이란 보내야 함이란 그것이 얼마나 공허하고 가슴 아픈 일인지를….

하지만 가사 속의 화자와는 다르게 나는 나를 떠나고 배신하고 상처를 준 이들이 언젠가는 나처럼 힘들게 되기를 바란다는 점에서 이와 다르다고 할 수 있다.

이별을 맞이하기 위한 성숙한 자세는 아름답게 보내기가 맞다. 한때나마 내 인생에 잠깐이라도 있어 준 인연들에 감사하며, 그 인연들이 나를 떠났지만 더 좋은 인연들을 만나서 행복하길 기원하는 그 마음이 성숙하고 아름다운 여운을 남길 수 있는 이별인데, 나는 이미 일 년이 지나고 심지어 몇 년이 지나도 좀처럼 그들을 증오하면서도 떠나보내지 못하고 있다. 때로는 미련으로 미련이 더 불타올라 증오로, 그 증오가 다시 식으면 애정으로 그들은 가버렸지만, 난 그들을 보내지 못하고 있다.

수필

이 건 원

·인사

法名 徹善
이화마을 작은 도서관 회원
한국방송통신대학교 문학회 정회원
한국윤리학회, 미국수학협회 종신회원
서울대학교 공과대학 등에서 철학을 강의하였음.
저술 『다수 언어상황에서의 의미론』 등
공저 및 번역: 『논리연구』, 『문제를 찾아서』
『현대철학의 쟁점은 무엇인가』, 『언화행위』 등
010-2332-6218

인사

이 건 원

"안녕하세요?" 이것이 한국의 인사라고 생각한다.

언젠가 옛날 궁궐의 모습을 보다가 한자로 "누구에게도 인사하지 마시오!"라고 읽히는 글자를 유심히 보았다. 혹시 보기 힘들면, 서울대학교 규장각도서관에 가면 목판에 쓰인 것을 볼 수가 있을 것이다.

명랑하게 인사하자는 표어가 그렇게 중요한 것으로 생각하다가, 이러한 한자로 쓰인 표어를 보고는 상당히 조심스럽게 문제를 보아야 한다고 생각한다.

참으로 내가 초등학교, 그러니까 그때의 국민학교 일 학년으로 들어갔는데, 누군가가 "왜 너는 인사를 하지 않느냐?"고 하시면서 머리를 쓰다듬어 주시는 어른이 있었다. 그때에 나는 답도 하지 않았는데, 옆의 아이들이 교장 선생님이 나에게 말씀하신 것이라고 하였다. 그때에 나는 교장 선생님이 누구신지도 몰랐다.

그 후에 학교에는 반장이 있고, 반장이 "일동 차렷!"의 구호를 외치고, 선생님께 인사드리라는 구호를 들으면서 학교생활을 하였었다.

그리고 자주 있는 아침 조회에는, 전교생이 운동장에 열을 지어 모여서 선두의 학생대표가 외치는 "경례!"라는 구호를 듣고 모두가 인사를 하고, 교장 선생님의 훈화를 경청하였던 것이 나의 중등학교와 고등학교이었다.

그러다가 서울에 대학에 와서, 언젠가 옛날의 그 목판을 보게 되었다. 대학에서는 입학식도 없었던지 참석하지 못하였고, 졸업식에는 줄도 서지 않는 졸업식에 참석하였다.

미국의 졸업식은 와이키키 해변의 야외 강단에서 하였고, 한 사람씩 나와서 졸업장을 받았던 것 같다.

요즈음도 공식행사에는 '국민의례'라는 의식을 한다. 모두가 같이 국기에 대한 경례를 하고 순국선열에 대한 묵념을 하고 애국가도 부른다.

그렇지만 내가 어렸을 때 가족 사이의 인사는 없었다. 설날이나 세배를 하고 세배상을 받았던 것으로 기억한다. 그러나 어려서부터 옆집 교당에 출입할 때는 합장으로 인사하는 것을 예의로 알고 있었고, 행사 때에는 사배(四拜)복고도 있었다.

조상에게는 인사를 많이 하면서 자랐다. 할머니는 제삿날을 챙기시느라고 신경을 많이 쓰신 것으로 기억한다. 제사는 음력을 따랐고 매달 몇 차례나 되는 제사를 할머니는 요즈음처럼 달력에 표시하지도 않고 기억하셨다. 제사 준비가 없으면 밥과 국을 준비하여서 차려놓으시는 것을 기억한다.

요즈음 서울에서 살자니 운동부족 현상이 있어서 아침에 수련을 한다. 또 교당에 와서 수련시간에 하는 맨손체조와 같은 운동을 하기도 한다. 수련에는 국기에 대한 경례를 시작으로 하고 끝에도 국기에 대한 경례가 있다.

그러나 어른께서 말씀하시기를 큰절을 하면 운동이 필요 없다고 하시는 것을 들었다.

오대산 월정사에 갔을 때인가, 그때가 겨울이었는데 불전 백배(百拜)를 하시는 교수님이 있었다. 그 분은 동국대학교 총장임무도 잘 수행하신 것으로 보았다.

'인사가 만사(人事萬事)'라는 말도 듣는다.

특히 많은 사람이 모이는 곳에서의 인사는 매우 조심스럽다. 그 이유는 인사가 그 주어진 사회의 특수한 의식절차로 나타나기 때문으로 안다.

나는 아주 여러 다른 문화권의 혼합 상태에서 산다는 생각이 든다. 어려서 유교식의 제사를 지내던 시절에 조상에 대한 인사가 그 특정의 예식에 따라서 다르다는 것을 보면서 자랐고, 정월 초하루의 인사와 세배가 있는 어린 시절을 보냈다.

그리고 요즈음에는 공식행사에서 국민의례를 하고

교당에서는 교당의 예법에 따른 인사를 한다.

지난해의 세계수학자대회에 개회식을 일부러 참석하려고 하였다. 이전에 국제학회의 개회식을 못 보았기 때문이다. 조용히 차려 자세들을 취하고 있는 러시아에서 온 분들과 나란히 서서 개회식을 보았고, 한국에서 하기에 한국의 국가대표의 인사도 있었으나, 그 인사는 인사말이었다. 우리의 인사는 조용히 묵도하는 정도였다고 기억된다. 우리 젊은 철학교수의 표현을 빌리자면 "고개를 까닥하면 된다!"는 것이 요즈음 최소한의 인사이고 조용히 경의를 표하는 것이 우리의 인사가 된 것이다.

그 세계수학학회의 전시실에 들어가자니 일본 수학학회는 '日本数學會MSJ' 라는 글자와 그 학회 마크가 있는 볼펜을 주면서 반겨 주었다. 지금도 이 방의 책상에 그 볼펜이 있어 그때를 기억하게 한다. 이것이 그 학회의 인사였다고 기억한다. 미국수학협회는 그 학회의 표시인 'AMS' 라는 글자가 있는 책을 넣는 주머니를 준비하고 인사를 하였다.

점심에 식당에 가니 한국 대통령의 점심이라고 도시락을 준비하여 주었다. 내가 행사에 가서 공식적인 개막식에 참석한 것은 이번 '서울 ICM 2014' 가 처음이었다.

지난 10월의 캘리포니아의 수학협회에서는 회비를 받는 직원이 나와서 회비를 받는 것이 인사이었던 것 같다.

인사 대신에 무료 커피와 다과를 준비해 주고 우리는 커피를 수시로 따라 마시며 행사 동안 쉬는 시간을 보냈다.

내가 이야기하는 시간은 있지만, 조금은 비싼 커피를 마시러 간 것과 같은 모습이었다. 커피를 많이 마셔서, 또 약간 엎지른 흔적도 있어서, 다시 커피와 다과를 더 많이 날라 오느라 수고하시는 분들의 모습과 롤러스케이트를 즐기는 학생들의 모습이 겹치는 행사였다.

어제는 방송통신대학교 문학회 망년회가 있어서 참가하였다. 한 달에 한 번 만나는 사람들의 인사는 악수가 되는 것이 요즈음의 한국의 풍속인 듯하다.

우리가 대학에 다닐 때에 큰절을 받고 싶다고 말씀하시던 교수가 있었다. 나는 추천서를 받으려 댁을 방문했을 때 큰절을 하였다.

한국에서는 우리가 알기로 방에서 만나면, 큰절을 하는 것이 예의로 알고 자랐다.

"무엇이 바른 인사인지?"

최소한 고개를 까닥하는 것이 인사이지만, 인사는 그 만남의 상황에 따라서 다르다고 할 수 밖에 없을 것이다.

심지어는 자동차를 운전하면서 반가운 분이 지나는 것을 보고는, 크락숀을 울리는 인사도 있었다.

가족이 어렵게 만나면 안아주는 것이 인사인 때도 있어서, 그 상황에 맞는 인사가 바른 인사라고 할 수 밖에 없다.

수필

이 순 애

충남 논산 출생
한국방송통신대학교 국어국문학과 졸업
한국방송통신대학교 문화교양학과 졸업
독서 지도사
《문파문학》 시 수필부문 신인상 등단
한국문인협회 회원
문파문학회 운영이사
시계문학회 회장역임
방송대문학회 부회장(현)
공저 『바람이 창을 두드릴 때』
『문파문학 대표 시선 집』
『등나무 풍경』 외 다수
slove668@hanmail.net

낙조가 아름다운 날에

이 순 애

딸들과 며느리가 손자들을 데리고 나와서 만난 후 시골집으로 향한다. 자녀들도 사십대 중반을 넘어서고 있으니 우리 부부도 황혼 길이다. 황혼이 아름다운 것은 저 아이들에게서 젊음의 빛을 받아 곱게 물들기 때문이라고 미소 지으며 고속도로를 달린다.

서해바다를 향해 앞장 서 가는 해를 본다. 기울어 가는 해는 마지막 열정을 쏟아붓듯 가을날의 낙조가 어느 때보다 아름답다.

고속도로 가에는 추수를 앞둔 벼가 다소곳이 고개 숙이고 있다. 그 속에 숨죽여 내다보는 농부의 발걸음이 동그랗게 자리했다. 42년 만의 가뭄으로 타들어 가던 정성에 보답하듯 결실을 이룬 황금벌판은 황혼의 무게를 재듯 일렁이며 일몰의 아름다움을 더 한다. 저물어 가는 해는 자신의 보람이 거기에 있다며 흐뭇한 표정으로 눈을 반짝여 보인다. 찬란하게 빛나며 이글거리던 태양이 불타던 뜨거움을 거두기 쉽지 않지만 때가 되면 미련 없이 하나를 버릴 때 또 다른 낙조라는 아름다움을 연출한다. 해는 조금씩 아주 조금씩 서해바다 속으로 내려간다. 어린 아기의 졸리는 눈을 깜빡이듯 예쁜 실눈을 뜨고 바라보다 사라진다.

땅거미가 지면서 시골집에 도착했다. 가난한 어부의 쪽배에 만선의 기쁨이랄까. 정원은 내 노력의 보람으로 저녁을 먹지 않아도 배부른 듯하다. 마당에는 노랗고 빨간 감이 바로 전의 낙조처럼 매달려 있다. 감의 얼굴에 어려운 시절을 감내했노라고 쓰여 있어 황혼이 돋보인다. 푸르고 청청한 기상을 내려놓고 사람과 새들에게 제 몸을 몽땅 내어주려는 겸손까지 만반의 준비가 되어 있는 작은 열매 앞에 설익은 내 삶의 모습은 사뭇 숙연해진다.

감나무 옆에 주먹만한 노란 모과가 더러 땅에 떨어져 있다. 향이 짙어 낙과라 할 수 없다. 조금 전의 낙조가 바로 모과 향이다. 황홀 지경에 빠지게 한 후 지금은 은은한 향기로 남아있다. 올망졸망 가득 핀 국화꽃이 웃음으로 반긴다. 나도 한 향기 하고 있는 가을의 상징이라고 뽐낸다.

국화꽃이 지기 전에, 날이 저무는 줄도 모르고 부지런히 일해야 한다는 벌 나비가 꽃을 한가득 끌어안고 몸살을 한다. 어둠 속에서 풀을 더듬어 매던 나를 닮아 하는 짓인 것 같다. 결국 그 모두가 낙조처럼 되기 위해 황혼으로 접어들기 위한 준비가 아니던가.

오르막길에서 내려갈 준비를 하는 것은 당연한 일이다. 새가 깃을 접고 둥지로 들어가듯 하루의 비행을 마치고 눈부시던 빛이 내리막으로 더 내려가는 노을을 따라가야지. 인생의 황혼이 지고 난 후에도 떨어진 모과처럼 은은한 향기가 전해지고 낙조의 아름다움으로 기억된다면 얼마나 좋을까. 삶에서 바람이 불 적마다 그 향기에 기대어 묵상하며 잠재울 수 있도록 저녁연기로 모락모락 피어났으면. 먼데 그 옛날 기억되던 낙조가 오늘에서 내일로 이어지듯이.

목마름

세상이 목말라 한다. 마른장마로 강수량이 적어 저수지가 쩍쩍 입을 벌린 채 하늘을 쳐다보며 울고 있다. 저 속의 물고기들은 물이 마르는 대로 한쪽에 밀려 고물고물 모여 반짝이는 눈을 마주하고 있을 때 어미는 조금만 조금만 더 참자며 달랬겠지. 글썽이는 눈으로 희망을 향해 귀를 열지 않았을까. 하느님의 발소리를 들으려고….

결국에는 서로가 죽어가는 것을 보면서 어찌할 수 없는 안타까움에 몸서리치며 떨었을 것이다. 간절한 나머지 후두둑 소나기가 내리는 꿈을 꾸다 죽었을지도 몰라.

목마른 것은 식물도 마찬가지다. 밭곡식들은 열매를 맺지 못하고 정원의 꽃나무들도 시들어 간다. 수국이 제일 먼저 잎이 마르고 굵다란 줄기까지 전신이 몸져누워버렸다. 물을 줘보지만 쉽게 일어날 기미가 보이지 않는다. 너무 늦은 걸음을 했다고 원망하는 게다. 아예 물 호스를 들이대고 줄줄 들어부어 본다.

한밤중에 밤이슬이 달랬는지 아침이 되자 어린 아기 걸음마 하듯 비실비실 일어난다. 손바닥만한 잎은 가랑잎처럼 바스락거리며 마른 대로이고 줄기 쪽만 푸르스

릅하게 남아 생기를 찾아간다. 시들어 버리겠다고 겁을 주던 국화꽃은 고맙다고 애교를 떨며 밤안개 흐르듯 흐드러지게 웃으며 반긴다.

새들은 어디서 물을 먹는지 가뭄 같은 건 아랑곳하지 않는다. 요즈음 여러 나무에서 무화과와 감이 익고 있어 포식을 하기 때문인 듯하다. 내 몫을 모두 먹어치워 얄밉기는 해도 식사 후 목을 적시라고 커다란 고무 다라에 물을 가득 담아, 보기에도 시원하게 혹 옥잠을 몇 개 띄워 놓는다.

뭇 새들이 번질나게 찾아온다. 물을 먹고 목욕까지 하느라 숙였던 머리를 쳐들고 꽁지를 탁탁 치곤 한다. 망원경으로 저만치서 그들의 행동을 자세히 관찰한다. 과일에 물까지 곁들여 기분 좋은 새들은 같은 종들이 오면 옆걸음으로 쭈적쭈적 가까이 가서 몸을 부비면서 부리를 갖다 대고 속삭인다. 아마 평소에 서로 잘 통하는 사이 인 것 같다. 비밀 이야기를 해도 절대 밖으로 새지 않는 철통 같은 보안이되고 서로의 감정이 목마르지 않은 듯하다.

목마름은 물이 없어서 뿐만은 아니다. 때로는 정서에 목마르고 신앙에 목마를 때가 있다. 머릿속에 맴도는 것이 가슴까지 촉촉이 젖어 내려오지 않아 애태운다. 이것인가 저것인가 헤매다가 꽉 막히면 갈증을 느낀다.

주님의 십자가를 향한 마음이 뜨겁게 타오르면 영혼

은 목말라지고 영원히 목마르지 않은 생명수로 힘을 달라고 간구할 때 두 눈에서는 홍수 같은 눈물이 흘러 내를 이루게 된다. 허무를 느끼며 사냥총을 입에 물고 스스로 방아쇠를 당겨 죽어간 헤밍웨이는 고독 속에서 얼마나 목말라 했을까. 힘없는 인간이야말로 하늘에서 비를 내려 주어야 목마르지 않다.

목숨을 끊는 거칠어진 감성에, 제한 급수로 비상이 걸린 메마른 대지 위에 따뜻한 햇볕과 함께 촉촉한 단비를 갈망하는 요즈음이다.

수필

조 태 식

· 대학생활

예명 趙明來, 경남 昌寧 출신
방송대문학회 회장
《현대시선》 시, 수필 등단
한국방송통신대학교 국어국문학과 수료
韓國音樂著作權協會 회원 , 社團法人 韓國演藝藝術人總聯合會
韓國歌手委員會 운영위원, 현대시선 문학사 홍보위원
서초 재향경우회 자문위원
대학로 동숭아트센터 시사회 2011.3.6.동인회 회원
문예예술영화 "夢" 출연
2014년 제48회 가수의 날 올해의우정상 수상
2015년 대한민국 가요대상 시상식 '작곡상' (아리랑연예기획사)
2015년 님아뮤직 인터넷방송국 '골든STAR가요대상' 수상
공저 『등나무 풍경』, 『살얼음진 강가를 떠나며』
노래 〈가을사랑〉 외
010-5478-4755, jts261@hanmail.net

대학생활

조 태 식

나는 초등학교 때부터 글쓰기를 무척 좋아했고 나무나 벽에도 낙서를 많이 하기도 했다. 학업을 열심히 하였다면 명필이 될 수 있었을 것이다. 붓글씨도 반에서 1등을 해 봤고 초등학교 4학년 때는 서기로 활동하기도 했었다.

18세부터 노래를 좋아했고 대한민국에서 최고의 가수가 되겠다는 일념 하나로 마음을 굳히고, 그 추운 엄동설한에도 새벽에 뒷동산에 올라 혼자 목청을 가꾸고 노래를 불렀다. 그 시절에 최고의 가수는 저음의 매력 N 씨를 무척 좋아했고 N 씨의 노래만 불렀다. 우리 집 방 벽에도 사진을 붙어놓기도 했다. 그때는 참 꿈이 컸다. 대한민국에서 최고의 가수가 된다는 일념 하나로 대망의 큰 꿈을 꾸었다.

그러나 나는 언제나 대학생활이 그리워 1984년부터 1986년까지 3년을 정규대학교에 입학을 하기 위해 시험을 쳤고 많이 노력 했으나 들어가지 못했다.

나는 그 때의 단순한 생각은 대학생의 신분이 되어 '대학가요제'에 나가는 꿈이 있었다. 가수 데뷔도 여러 가지 케이스가 있지만 '대학가요제' 출신으로 출세하는 사람이 많았다. 꼬박 3년을 시험치고 원서를 내고 면접도 보고 했지만 들어가지를 못했다. 그만 학교를 접고 생활에 만족하고 열심히 살았다.

그 후 24년이 지나도 언제나 마음 한구석엔 대학의 문이 그리워 2007년도 3월 한국방송통신방송대학교 문을 두드렸다. 몇년을 망설이다가 큰 맘 먹고 용기를 내어 서울 제1지역대학 성수동에 입학을 했다.

처음 입학을 하고 아무 것도 몰랐다. 처음의 그때 2학년 선배님을 볼 때는 하느님같이 보이기도 했다. 입학을 하고 얼마 후 담임 튜터 교수님께서 핸드폰으로 문자 메시지를 받았을 때 제일 기쁨을 느꼈다. 나는 교수님께 일일이 답신을 전하고 받았다.

처음 출석 수업이 있어 가방을 메고 학교에 갔는데, 교수님의 진실한 말씀에 그때 나는 큰 감동을 받았다.

집에 와서 공부를 하면서 대학의 즐거움에 많은 눈물을 흘리면서 공부를 했다. 허영이 난무하고, 진실이 없는 사회생활과 너무나도 비교가 많이 되었기에, 학교를 다니면서 많은 것을 느꼈다.

1학년 때는 즐거움과 기쁨에 정말 많은 눈물을 흘리면서 공부를 했다. 그렇게도 그리워했던 대학생활이 꿈만 같았다.

그때 나는 천금을 주어도 바꾸지 않을 기분이었다. 의젓한 대학생 신분만으로도 큰 행복을 느꼈기 때문이다. 1학년 때 그 행복과 기쁨은 무엇과도 바꿀 수가 없었다.

시작이 반이라는 말처럼 2010년에는 방송대학교 4학년이 됐다. 처음 일학년 때처럼 기쁨은 많이 사라졌지만 앎과 지식은 많이 쌓였다고 생각한다.

오늘도 나는 꾸준히 배움의 길을 걷는다. 하지만 조금 후회되는 것은 24년 전에 우리학교에 입학하고 공부하여 배웠다면, 그 무엇 어떤 큰 일 하나는 일찍이 성공하였을 것이기 때문이다.

곰곰이 생각해 보면 지금도 아쉬움이 가끔 가끔 맴돌기도 한다.

그래서 먼 미래를 바라보면서 4년을 공부하여 40년을 행복해 하고, 좀 더 값지고 보람 있고 멋있는 생활을 하기 위하여 오늘도 나는 괴롭고 고달픈 배움이란 길을 걷는다.

진실은 언젠가는 백배 이상의 보상이 따른다고 생각한다. 우리 한국방송통신대학교 학생은 10대부터 70대까지 남녀노소 누구나 배움의 길을 열어놓고 있기에 의욕적으로 공부하는 분이 많다.

심지어 어느 학교 교수님도 우리 방송대학교 어느 학

과를 선택 등록하여 배우는 분이 있다.

시작이 반이라는 말처럼 오는 봄에 나도 졸업을 하면 좀 더 멋지고 보람 있는 생활이 될 것 같다. 즐겁고 기쁜 마음이 앞서고 있다.

∞ 2016년도 방송대문학회 5대 임원진∞

고　　문 _ 민문자, 신영자, 김수현, 김봉곤
명예회장 _ 우재호
회　　장 _ 조태식
부 회 장 _ 이현욱, 이상동, 이건원, 우재정
이순애, 장광분, 홍윤기
홍보부장 _ 김도영
감　　사 _ 임정순
사무국장 _ 류인분
사무차장 _ 서영도

-회비 입금 계좌번호-
신한은행 110-387-394087 예금주: 조태식

다음카페 : 방송대문학회(등단작가모임)
http://cafe.daum.net/knou2010

∞방송대문학회 안내∞

한국방송통신대학교 졸업생, 재학생으로
공모전 수상 및 문학지에 등단을 하였거나
등단을 희망하는 문학에 관심이 있는 학우님들
〈방송대문학회〉에서 창작의 꿈을 펼쳐보세요.

어느 학과든 상관없이 등단작가 선배님들이
여러분의 창작활동과 등단할 수 있는
멘토가 되어 드릴 것입니다.

회장 조태식 : 010-5478-4755

다음카페 : 방송대문학회(등단작가모임)
http://cafe.daum.net/knou2010

방송대문학회의 역사로 쌓이는

먼저 『등나무 풍경』 6집을 출간하게 되었음을 축하합니다. 『등나무 풍경』 6집을 내고 다시 회를 거듭하면 우리 방송대문학회의 역사로 쌓이는 것을 상상해봅니다. 그동안 마음 주신 교수님 선배님 후배 동문 여러분께 감사드립니다.

날씨가 풀려 움이 트나 했더니 오늘 영하 8도라 합니다. 추위에도 『등나무 풍경』 6집의 탄생을 위해 여러 고문님 회장님을 비롯해 알게 모르게 애쓰시는 분들의 도움에 머리 숙여 감사드립니다. 또한, 마음속 열정이 가득한 원고를 보내주신 회원 여러분 진심으로 감사합니다.

『등나무 풍경』의 편집을 위한 모임에서는 작년에도 수고해주신 송동현 선생님 사무실에서 임원 여러분이 모였습니다. 경험이 많으신 김봉곤 고문님과 사진이며 책 표지와 글 내용에 대해 임원 여러분과 의견을 나눴습니다. 책 제자와 그림을 보내주신 민문자 고문님, 신영자 고문님께 감사드리며 이번 6집이 만들어지기까지 여러 회원님의 성원과 참여가 있었기에 더 빛이 납니다.

입춘이 지난 지 한참 됐으니 『등나무 풍경』 6집 책장을 넘기는 날은 꽃으로 잎으로 한창인 봄날이 우리 앞에 성큼 다가서겠지요.

방송대문학회의 무궁한 발전을 기원합니다.

사무국장 류인분